VICTOR HUGO

LES

MISÉRABLES

CINQUIÈME PARTIE

JEAN VALJEAN

I

PARIS

PAGNERRE, LIBRAIRE-ÉDITEUR

18 RUE DE SEINE 18

M DCCC LXII

LES
MISÉRABLES

—

TOME NEUVIÈME

ÉDITEURS

A. LACROIX, VERBOECKHOVEN ET Cᵉ

A BRUXELLES

PARIS. — IMPRIMERIE DE J. CLAYE, RUE SAINT-BENOIT, 7

VICTOR HUGO

LES

MISÉRABLES

CINQUIÈME PARTIE

JEAN VALJEAN

I

PARIS

PAGNERRE, LIBRAIRE-ÉDITEUR

18 RUE DE SEINE 18

M DCCC LXII

CINQUIÈME PARTIE

JEAN VALJEAN

LIVRE PREMIER

LA GUERRE ENTRE QUATRE MURS

I

LA CHARYBDE DU FAUBOURG SAINT-ANTOINE
ET LA SCYLLA DU FAUBOURG DU TEMPLE

Les deux plus mémorables barricades que l'observateur des maladies sociales puisse mentionner n'appartiennent point à la période où est placée l'action de ce livre. Ces deux barricades, symboles toutes les deux, sous deux aspects différents, d'une situation redoutable, sortirent de terre lors de la fatale insurrection de juin 1848, la plus grande guerre des rues qu'ait vue l'histoire.

Il arrive quelquefois que, même contre les principes, même contre la liberté, l'égalité et la fraternité, même contre le vote universel, même contre
le gouvernement de tous par tous, du fond de ses
angoisses, de ses découragements, de ses dénû-
ments, de ses fièvres, de ses détresses, de ses
miasmes, de ses ignorances, de ses ténèbres, cette
grande désespérée, la canaille, proteste, et que la
populace livre bataille au peuple.

Les gueux attaquent le droit commun; l'ochlocratie s'insurge contre le démos.

Ce sont là des journées lugubres; car il y a toujours une certaine quantité de droit même dans
cette démence, il y a du suicide dans ce duel, et
ces mots, qui veulent être des injures, gueux, canaille, ochlocratie, populace, constatent, hélas!
plutôt la faute de ceux qui règnent que la faute de
ceux qui souffrent; plutôt la faute des privilégiés
que la faute des déshérités.

Quant à nous, ces mots-là, nous ne les pronon-
çons jamais sans douleur et sans respect, car
lorsque la philosophie sonde les faits auxquels ils
correspondent, elle y trouve souvent bien des gran-
deurs à côté des misères. Athènes était une ochlo-

cratie ; les gueux ont fait la Hollande ; la populace
a plus d'une fois sauvé Rome ; et la canaille suivait
Jésus-Christ.

Il n'est pas de penseur qui n'ait parfois contem-
plé les magnificences d'en bas.

C'est à cette canaille que songeait sans doute
saint Jérôme, et à tous ces pauvres gens, et à tous
ces vagabonds, et à tous ces misérables d'où sont
sortis les apôtres et les martyrs, quand il disait
cette parole mystérieuse : *Fex urbis, lex orbis.*

Les exaspérations de cette foule qui souffre et
qui saigne, ses violences à contre-sens sur les
principes qui sont sa vie, ses voies de fait contre
le droit, sont des coups d'état populaires, et doivent être réprimés. L'homme probe s'y dévoue, et,
par amour même pour cette foule, il la combat.
Mais comme il la sent excusable tout en lui tenant
tête ! comme il la vénère tout en lui résistant ! C'est
là un de ces moments rares où, en faisant ce qu'on
doit faire, on sent quelque chose qui déconcerte et
qui déconseillerait presque d'aller plus loin ; on
persiste, il le faut ; mais la conscience satisfaite est
triste, et l'accomplissement du devoir se complique
d'un serrement de cœur.

Juin 1848 fut, hâtons-nous de le dire, un fait à
part, et presque impossible à classer dans la philosophie de l'histoire. Tous les mots que nous venons de prononcer doivent être écartés quand il
s'agit de cette émeute extraordinaire où l'on sentit
la sainte anxiété du travail réclamant ses droits. Il
fallut la combattre, et c'était le devoir, car elle
attaquait la république. Mais, au fond, que fut
juin 1848 ? Une révolte du peuple contre lui-
même.

Là où le sujet n'est point perdu de vue, il n'y
a point de digression ; qu'il nous soit donc permis d'arrêter un moment l'attention du lecteur
sur les deux barricades absolument uniques dont
nous venons de parler et qui ont caractérisé cette
insurrection

L'une encombrait l'entrée du faubourg Saint-
Antoine ; l'autre défendait l'approche du faubourg
du Temple ; ceux devant qui se sont dressés, sous
l'éclatant ciel bleu de juin, ces deux effrayants
chefs-d'œuvre de la guerre civile, ne les oublie-
ront jamais.

La barricade Saint-Antoine était monstrueuse ;
elle était haute de trois étages et large de sept

cents pieds. Elle barrait d'un angle à l'autre la
vaste embouchure du faubourg, c'est-à-dire trois
rues ; ravinée, déchiquetée, dentelée, hachée, cré-
nelée d'une immense déchirure, contre-boutée de
monceaux qui étaient eux-mêmes des bastions,
poussant des caps çà et là, puissamment adossée
aux deux grands promontoires de maisons du faubourg, elle surgissait comme une levée cyclo-
péenne au fond de la redoutable place qui a vu le
14 juillet. Dix-neuf barricades s'étageaient dans
la profondeur des rues derrière cette barricade
mère. Rien qu'à la voir, on sentait dans le faubourg l'immense souffrance agonisante, arrivée à
cette minute extrême où une détresse veut devenir
une catastrophe. De quoi était faite cette barricade? De l'écroulement de trois maisons à six
étages, démolies exprès, disaient les uns. Du prodige de toutes les colères, disaient les autres. Elle
avait l'aspect lamentable de toutes les constructions de la haine : la Ruine. On pouvait dire : qui
a bâti cela? On pouvait dire aussi : qui a détruit
cela? C'était l'improvisation du bouillonnement.
Tiens! cette porte! cette grille! cet auvent! ce
chambranle! ce réchaud brisé! cette marmite

fêlée! Donnez tout! jetez tout! poussez, roulez,
piochez, démantelez, bouleversez, écroulez tout!
C'était la collaboration du pavé, du moellon, de la
poutre, de la barre de fer, du chiffon, du carreau
défoncé, de la chaise dépaillée, du trognon de
chou, de la loque, de la guenille et de la malédic-
tion. C'était grand et c'était petit. C'était l'abîme
parodié sur place par le tohu-bohu. La masse près
de l'atome; le pan de mur arraché et l'écuelle
cassée; une fraternisation menaçante de tous les
débris; Sisyphe avait jeté là son rocher et Job son
tesson. En somme, terrible. C'était l'acropole des
va-nu-pieds. Des charrettes renversées acciden-
taient le talus; un immense haquet y était étalé, en
travers, l'essieu vers le ciel, et semblait une balafre sur cette façade tumultueuse; un omnibus,
hissé gaiement à force de bras tout au sommet de
l'entassement, comme si les architectes de cette
sauvagerie eussent voulu ajouter la gaminerie à
l'épouvante, offrait son timon dételé à on ne sait
quels chevaux de l'air. Cet amas gigantesque, al-
luvion de l'émeute, figurait à l'esprit un Ossa sur
Pélion de toutes les révolutions; 93 sur 89, le
9 thermidor sur le 10 août, le 18 brumaire sur le

21 janvier, vendémiaire sur prairial, 1848 sur 1830. La place en valait la peine, et cette barricade était digne d'apparaître à l'endroit même où la Bastille avait disparu. Si l'océan faisait des digues, c'est ainsi qu'il les bâtirait. La furie du flot était empreinte sur cet encombrement difforme. Quel flot? La foule. On croyait voir du vacarme pétrifié. On croyait entendre bourdonner, au-dessus de cette barricade, comme si elles eussent été là sur leur ruche, les énormes abeilles ténébreuses du progrès violent. Était-ce une broussaille? était-ce une bacchanale? était-ce une forteresse? Le vertige semblait avoir construit cela à coups d'aile. Il y avait du cloaque dans cette redoute et quelque chose d'olympien dans ce fouillis. On y voyait, dans un pêle-mêle plein de désespoir, des chevrons de toits, des morceaux de mansardes avec leur papier peint, des châssis de fenêtres avec toutes leurs vitres plantés dans les décombres, attendant le canon, des cheminées descellées, des armoires, des tables, des bancs, un sens dessus dessous hurlant, et ces mille choses indigentes, rebuts même du mendiant, qui contiennent à la fois de la fureur et du néant.

On eût dit que c'était le haillon d'un peuple, haillon de bois, de fer, de bronze, de pierre, et que
le faubourg Saint-Antoine l'avait poussé là à sa
porte d'un colossal coup de balai, faisant de sa
misère sa barricade. Des blocs pareils à des billots,
des chaînes disloquées, des charpentes à tasseaux
ayant forme de potences, des roues horizontales
sortant des décombres, amalgamaient à cet édifice
de l'anarchie la sombre figure des vieux supplices
soufferts par le peuple. La barricade Saint-Antoine
faisait arme de tout; tout ce que la guerre civile
peut jeter à la tête de la société sortait de là; ce
n'était pas du combat, c'était du paroxysme; les
carabines qui défendaient cette redoute, parmi lesquelles il y avait quelques espingoles, envoyaient
des miettes de faïence, des osselets, des boutons
d'habit, jusqu'à des roulettes de tables de nuit,
projectiles dangereux à cause du cuivre. Cette barricade était forcenée; elle jetait dans les nuées une
clameur inexprimable; à de certains moments,
provoquant l'armée, elle se couvrait de foule et de
tempête; une cohue de têtes flamboyantes la cou-
ronnait; un fourmillement l'emplissait; elle avait
une crête épineuse de fusils, de sabres, de bâtons,

de haches, de piques et de baïonnettes; un vaste
drapeau rouge y claquait dans le vent; on y entendait les cris du commandement, les chansons
d'attaque, des roulements de tambour, des san-
glots de femme et l'éclat de rire ténébreux des
meurt-de-faim. Elle était démesurée et vivante;
et, comme du dos d'une bête électrique, il en sortait un pétillement de foudres. L'esprit de révolution couvrait de son nuage ce sommet où gron-
dait cette voix du peuple qui ressemble à la voix
de Dieu; une majesté étrange se dégageait de
cette titanique hottée de gravats. C'était un tas
d'ordures et c'était le Sinaï.

Comme nous l'avons dit plus haut, elle attaquait au nom de la Révolution, quoi? la Révolution. Elle, cette barricade, le hasard, le désordre,
l'effarement, le malentendu, l'inconnu, elle avait
en face d'elle l'assemblée constituante, la souveraineté du peuple, le suffrage universel, la nation,
la république; et c'était la Carmagnole défiant la
Marseillaise.

Défi insensé, mais héroïque, car ce vieux faubourg est un héros.

Le faubourg et sa redoute se prêtaient main-forte. Le faubourg s'épaulait à la redoute, la redoute s'acculait au faubourg. La vaste barricade s'étalait comme une falaise où venait se briser la stratégie des généraux d'Afrique. Ses cavernes, ses excroissances, ses verrues, ses gibbosités, grimaçaient, pour ainsi dire, et ricanaient sous la fumée. La mitraille s'y évanouissait dans l'informe; les obus s'y enfonçaient, s'y engloutissaient, s'y engouffraient; les boulets n'y réussissaient qu'à trouer des trous; à quoi bon canonner le chaos? Et les régiments, accoutumés aux plus farouches visions de la guerre, regardaient d'un œil inquiet cette espèce de redoute bête fauve, par le hérissement sanglier, et par l'énormité montagne.

A un quart de lieue de là, de l'angle de la rue du Temple qui débouche sur le boulevard près du Château-d'Eau, si l'on avançait hardiment la tête en dehors de la pointe formée par la devanture du magasin Dallemagne, on apercevait au loin, au delà du canal, dans la rue qui monte les rampes de Belleville, au point culminant de la montée, une muraille étrange atteignant au deuxième étage des façades, sorte de trait d'union des maisons de droite aux maisons de gauche, comme si

la rue avait replié d'elle-même son plus haut mur
pour se fermer brusquement. Ce mur était bâti
avec des pavés. Il était droit, correct, froid, per-
pendiculaire, nivelé à l'équerre, tiré au cordeau,
aligné au fil à plomb. Le ciment y manquait sans
doute, mais comme à de certains murs romains,
sans troubler sa rigide architecture. A sa hauteur
on devinait sa profondeur. L'entablement était ma-
thématiquement parallèle au soubassement. On
distinguait d'espace en espace, sur la surface grise,
des meurtrières presque invisibles qui ressemblaient à des fils noirs. Ces meurtrières étaient sé-
parées les unes des autres par des intervalles
égaux. La rue était déserte à perte de vue. Toutes
les fenêtres et toutes les portes fermées. Au fond se
dressait ce barrage qui faisait de la rue un cul-de-
sac; mur immobile et tranquille; on n'y voyait
personne, on n'y entendait rien; pas un cri, pas
un bruit, pas un souffle. Un sépulcre.

L'éblouissant soleil de juin inondait de lumière
cette chose terrible.

C'était la barricade du faubourg du Temple.

Dès qu'on arrivait sur le terrain et qu'on l'apercevait, il était impossible, même aux plus hardis,

de ne pas devenir pensif devant cette apparition
mystérieuse. C'était ajusté, emboîté, imbriqué, rectiligne, symétrique, et funèbre. Il y avait là de la
science et des ténèbres. On sentait que le chef de
cette barricade était un géomètre ou un spectre.
On regardait cela et l'on parlait bas.

De temps en temps, si quelqu'un, soldat, officier ou représentant du peuple, se hasardait à traverser la chaussée solitaire, on entendait un siffle-
ment aigu et faible, et le passant tombait blessé ou
mort, ou, s'il échappait, on voyait s'enfoncer dans
quelque volet fermé, dans un entre-deux de moel-
lons, dans le plâtre d'un mur, une balle. Quelquefois un biscaïen. Car les hommes de la barricade
s'étaient fait de deux tronçons de tuyaux de fonte
du gaz, bouchés à un bout avec de l'étoupe et de la
terre à poêle, deux petits canons. Pas de dépense
de poudre inutile. Presque tout coup portait. Il y
avait quelques cadavres çà et là, et des flaques de
sang sur les pavés. Je me souviens d'un papillon
blanc qui allait et venait dans la rue. L'été n'ab-
dique pas.

Aux environs, le dessous des portes cochères
était encombré de blessés.

On se sentait là visé par quelqu'un qu'on ne voyait point, et que toute la longueur de la rue était couchée en joue.

Massés derrière l'espèce de dos d'âne que fait à l'entrée du faubourg du Temple le pont cintré du canal, les soldats de la colonne d'attaque observaient, graves et recueillis, cette redoute lugubre, cette immobilité, cette impassibilité, d'où la mort sortait. Quelques-uns rampaient à plat ventre jusqu'au haut de la courbe du pont en ayant soin que leurs shakos ne passassent point.

Le vaillant colonel Monteynard admirait cette barricade avec un frémissement. — *Comme c'est bâti!* disait-il à un représentant. *Pas un pavé ne déborde l'autre. C'est de la porcelaine.* — En ce moment une balle lui brisa sa croix sur sa poitrine et il tomba.

— Les lâches! disait-on. Mais qu'ils se montrent donc! qu'on les voie! ils n'osent pas! ils se cachent! — La barricade du faubourg du Temple, défendue par quatre-vingts hommes, attaquée par dix mille, tint trois jours. Le quatrième, on fit comme à Zaatcha et à Constantine, on perça les maisons, on vint par les toits, la barricade fut

prise. Pas un des quatre-vingts lâches ne songea
à fuir, tous y furent tués, excepté le chef, Barthélemy, dont nous parlerons tout à l'heure.

La barricade Saint-Antoine était le tumulte des
tonnerres; la barricade du Temple était le silence.
Il y avait entre ces deux redoutes la différence du
formidable au sinistre. L'une semblait une gueule;
l'autre un masque.

En admettant que la gigantesque et ténébreuse
insurrection de juin fût composée d'une colère et
d'une énigme, on sentait dans la première barricade le dragon et derrière la seconde le sphinx.

Ces deux forteresses avaient été édifiées par
deux hommes nommés, l'un Cournet, l'autre Barthélemy. Cournet avait fait la barricade Saint-
Antoine; Barthélemy la barricade du Temple.
Chacune d'elles était l'image de celui qui l'avait
bâtie.

Cournet était un homme de haute stature; il
avait les épaules larges, la face rouge, le poing
écrasant, le cœur hardi, l'âme loyale, l'œil sincère
et terrible. Intrépide, énergique, irascible, ora-
geux; le plus cordial des hommes, le plus redoutable des combattants. La guerre, la lutte, la mê-

lée, étaient son air respirable et le mettaient de
belle humeur. Il avait été officier de marine, et, à
ses gestes et à sa voix, on devinait qu'il sortait de
l'océan et qu'il venait de la tempête ; il continuait
l'ouragan dans la bataille. Au génie près, il y avait
en Cournet quelque chose de Danton, comme, à la
divinité près, il y avait en Danton quelque chose
d'Hercule.

Barthélemy, maigre, chétif, pâle, taciturne, était
une espèce de gamin tragique qui, souffleté par un
sergent de ville, le guetta, l'attendit et le tua, et,
à dix-sept ans, fut mis au bagne. Il en sortit, et fit
cette barricade.

Plus tard, chose fatale, à Londres, proscrits tous
deux, Barthélemy tua Cournet. Ce fut un duel funèbre. Quelque temps après, pris dans l'engrenage
d'une de ces mystérieuses aventures où la passion
est mêlée, catastrophes où la justice française voit
des circonstances atténuantes et où la justice an-
glaise ne voit que la mort, Barthélemy fut pendu.
La sombre construction sociale est ainsi faite que,
grâce au dénûment matériel, grâce à l'obscurité
morale, ce malheureux être qui contenait une intelligence, ferme à coup sûr, grande peut-être,

commença par le bagne en France et finit par le gibet en Angleterre. Barthélemy, dans les occasions, n'arborait qu'un drapeau : le drapeau noir.

II

QUE FAIRE DANS L'ABIME A MOINS
QUE L'ON NE CAUSE

Seize ans comptent dans la souterraine éducation de l'émeute, et juin 1848 en savait plus long que juin 1832. Aussi la barricade de la rue de la Chanvrerie n'était-elle qu'une ébauche et qu'un embryon, comparée aux deux barricades colosses que nous venons d'esquisser; mais, pour l'époque, elle était redoutable.

Les insurgés, sous l'œil d'Enjolras, car Marius ne regardait plus rien, avaient mis la nuit à profit. La barricade avait été non-seulement réparée, mais augmentée. On l'avait exhaussée de deux pieds. Des barres de fer plantées dans les pavés ressemblaient à des lances en arrêt. Toutes sortes de décombres ajoutés et apportés de toutes parts compliquaient l'enchevêtrement extérieur. La redoute avait été savamment refaite en muraille au dedans et en broussaille au dehors.

On avait rétabli l'escalier de pavés qui permettait d'y monter comme à un mur de citadelle.

On avait fait le ménage de la barricade, désencombré la salle basse, pris la cuisine pour ambulance, achevé le pansement des blessés ; recueilli la poudre éparse à terre et sur les tables, fondu des balles, fabriqué des cartouches, épluché de la charpie, distribué les armes tombées, nettoyé l'intérieur de la redoute, ramassé les débris, emporté les cadavres.

On déposa les morts en tas dans la ruelle Mondétour dont on était toujours maître. Le pavé a été longtemps rouge à cet endroit. Il y avait parmi les morts quatre gardes nationaux de la banlieue. Enjolras fit mettre de côté leurs uniformes.

Enjolras avait conseillé deux heures de sommeil. Un conseil d'Enjolras était une consigne. Pourtant, trois ou quatre seulement en profitèrent. Feuilly employa ces deux heures à la gravure de cette inscription sur le mur qui faisait face au cabaret :

VIVENT LES PEUPLES !

Ces trois mots, creusés dans le moellon avec un clou, se lisaient encore sur cette muraille en 1848.

Les trois femmes avaient profité du répit de la nuit pour disparaître définitivement ; ce qui faisait respirer les insurgés plus à l'aise.

Elles avaient trouvé moyen de se réfugier dans quelque maison voisine.

La plupart des blessés pouvaient et voulaient encore combattre. Il y avait, sur une litière de matelas et de bottes de paille, dans la cuisine devenue l'ambulance, cinq hommes gravement atteints, dont deux gardes municipaux. Les gardes municipaux furent pansés les premiers.

Il ne resta plus dans la salle basse que Mabeuf sous son drap noir et Javert lié au poteau.

— C'est ici la salle des morts, dit Enjolras.

Dans l'intérieur de cette salle, à peine éclairée d'une chandelle, tout au fond, la table mortuaire étant derrière le poteau comme une barre horizontale, une sorte de grande croix vague résultait de Javert debout et de Mabeuf couché.

Le timon de l'omnibus, quoique tronqué par la fusillade, était encore assez debout pour qu'on pût y accrocher un drapeau.

Enjolras, qui avait cette qualité d'un chef, de toujours faire ce qu'il disait, attacha à cette hampe l'habit troué et sanglant du vieillard tué.

Aucun repas n'était plus possible. Il n'y avait ni pain ni viande. Les cinquante hommes de la barricade, depuis seize heures qu'ils étaient là, avaient eu vite épuisé les maigres provisions du cabaret. A un instant donné, toute barricade qui tient devient inévitablement le radeau de la Méduse. Il fallut se résigner à la faim. On était aux premières heures de cette journée spartiate du 6 juin où, dans la barricade Saint-Merry, Jeanne, entouré d'insurgés qui demandaient du pain, à tous ces combattants criant : à manger! répondait : Pourquoi? il est trois heures. A quatre heures nous serons morts.

Comme on ne pouvait plus manger, Enjolras défendit de boire. Il interdit le vin et rationna l'eau-de-vie.

On avait trouvé dans la cave une quinzaine de bouteilles pleines, hermétiquement cachetées. Enjolras et Combeferre les examinèrent. Combeferre en remontant dit : — C'est du vieux fonds du père Hucheloup qui a commencé par être épicier. — Cela doit être du vrai vin, observa Bossuet. Il est heureux que Grantaire dorme. S'il était debout, on aurait de la peine à sauver ces bouteilles-là. — Enjolras, malgré les murmures, mit son veto sur les quinze bouteilles, et afin que personne n'y touchât et qu'elles fussent comme sacrées, il les fit placer sous la table où gisait le père Mabeuf.

Vers deux heures du matin on se compta. Ils étaient encore trente-sept.

Le jour commençait à paraître. On venait d'éteindre la torche qui avait été replacée dans son alvéole de pavés. L'intérieur de la barricade,

cette espèce de petite cour prise sur la rue, était
noyé de ténèbres et ressemblait, à travers la
vague horreur crépusculaire, au pont d'un navire
désemparé. Les combattants allant et venant s'y
mouvaient comme des formes noires. Au-dessus de
cet effrayant nid d'ombre, les étages des maisons
muettes s'ébauchaient lividement; tout en haut les
cheminées blêmissaient. Le ciel avait cette charmante nuance indécise qui est peut-être le blanc et
peut-être le bleu. Des oiseaux y volaient avec des
cris de bonheur. La haute maison qui faisait le
fond de la barricade, étant tournée vers le levant,
avait sur son toit un reflet rose. A la lucarne du
troisième étage le vent du matin agitait les cheveux
gris sur la tête de l'homme mort.

— Je suis charmé qu'on ait éteint la torche, disait Courfeyrac à Feuilly. Cette torche effarée au
vent m'ennuyait. Elle avait l'air d'avoir peur. La
lumière des torches ressemble à la sagesse des lâches; elle éclaire mal, parce qu'elle tremble.

L'aube éveille les esprits comme les oiseaux;
tous causaient.

Joly, voyant un chat rôder sur une gouttière, en
extrayait la philosophie.

— Qu'est-ce que le chat? s'écriait-il. C'est un
correctif. Le bon Dieu, ayant fait la souris, a dit :
Tiens ! j'ai fait une bêtise. Et il a fait le chat. Le
chat, c'est l'erratum de la souris. La souris, plus
le chat, c'est l'épreuve revue et corrigée de la
création.

Combeferre, entouré d'étudiants et d'ouvriers,
parlait des morts, de Jean Prouvaire, de Bahorel,
de Mabeuf, et même du Cabuc, et de la tristesse
sévère d'Enjolras. Il disait :

— Harmodius et Aristogiton, Brutus, Chéréas,
Stephanus, Cromwell, Charlotte Corday, Sand,
tous ont eu, après le coup, leur moment d'angoisse. Notre cœur est si frémissant et la vie humaine est un tel mystère que, même dans un
meurtre civique, même dans un meurtre libérateur,
s'il y en a, le remords d'avoir frappé un homme
dépasse la joie d'avoir servi le genre humain.

Et, ce sont là les méandres de la parole échangée,
une minute après, par une transition venue des
vers de Jean Prouvaire, Combeferre comparait
entre eux les traducteurs des Géorgiques, Raux à
Cournand, Cournand à Delille, indiquant les quelques passages traduits par Malfilâtre, particulière-

ment les prodiges de la mort de César; et par ce
mot, César, la causerie revenait à Brutus.

— César, disait Combeferre, est tombé juste-
ment. Cicéron a été sévère pour César, et il a eu
raison. Cette sévérité-là n'est point la diatribe.
Quand Zoïle insulte Homère, quand Mævius insulte Virgile, quand Visé insulte Molière, quand
Pope insulte Shakspeare, quand Fréron insulte
Voltaire, c'est une vieille loi d'envie et de haine qui
s'exécute; les génies attirent l'injure, les grands
hommes sont toujours plus ou moins aboyés. Mais
Zoïle et Cicéron, c'est deux. Cicéron est un justi-
cier par la pensée de même que Brutus est un jus-
ticier par l'épée. Je blâme, quant à moi, cette
dernière justice-là, le glaive; mais l'antiquité l'admettait. César, violateur du Rubicon, conférant,
comme venant de lui, les dignités qui venaient du
peuple, ne se levant pas à l'entrée du sénat, faisait, comme dit Eutrope, des choses de roi et
presque de tyran, *regia ac penè tyrannica*. C'était
un grand homme; tant pis, ou tant mieux; la leçon
est plus haute. Ses vingt-trois blessures me tou-
chent moins que le crachat au front de Jésus-
Christ. César est poignardé·par les sénateurs;

Christ est souffleté par les valets. A plus d'ou-
trage, on sent le Dieu.

Bossuet, dominant les causeurs du haut d'un tas
de pavés, s'écriait, la carabine à la main :

— O Cydathenæum, ô Myrrhinus, ô Proba-
linthe, ô grâces de l'Æantide ! Oh ! qui me donnera
de prononcer les vers d'Homère comme un grec
de Laurium ou d'Édaptéon ?

III

ÉCLAIRCISSEMENT ET ASSOMBRISSEMENT

Enjolras était allé faire une reconnaissance. Il était sorti par la ruelle Mondétour en serpentant le long des maisons.

Les insurgés, disons-le, étaient pleins d'espoir. La façon dont ils avaient repoussé l'attaque de la nuit leur faisait presque dédaigner d'avance l'attaque du point du jour. Ils l'attendaient et en souriaient. Ils ne doutaient pas plus de leur succès que

de leur cause. D'ailleurs un secours allait évidemment leur venir. Ils y comptaient. Avec cette faci-
lité de prophétie triomphante qui est une des forces
du français combattant, ils divisaient en trois phases
certaines la journée qui allait s'ouvrir : à six heures
du matin, un régiment, « qu'on avait travaillé, »
tournerait ; à midi, l'insurrection de tout Paris ; au
coucher du soleil, la Révolution.

On entendait le tocsin de Saint-Merry qui ne
s'était pas tu une minute depuis la veille ; preuve
que l'autre barricade, la grande, celle de Jeanne,
tenait toujours.

Toutes ces espérances s'échangeaient d'un groupe
à l'autre dans une sorte de chuchotement gai et
redoutable qui ressemblait au bourdonnement de
guerre d'une ruche d'abeilles.

Enjolras reparut. Il revenait de sa sombre pro-
menade d'aigle dans l'obscurité extérieure. Il écouta
un instant toute cette joie les bras croisés, une main
sur sa bouche. Puis, frais et rose dans la blancheur
grandissante du matin, il dit :

— Toute l'armée de Paris donne. Un tiers de
cette armée pèse sur la barricade où vous êtes. De
plus la garde nationale. J'ai distingué les shakos du

cinquième de ligne et les guidons de la sixième légion. Vous serez attaqués dans une heure. Quant
au peuple, il a bouillonné hier, mais ce matin il ne
bouge pas. Rien à attendre, rien à espérer. Pas
plus un faubourg qu'un régiment. Vous êtes abandonnés.

Ces paroles tombèrent sur le bourdonnement des
groupes, et y firent l'effet que fait sur un essaim la
première goutte de l'orage. Tous restèrent muets.
Il y eut un moment d'inexprimable silence où l'on
eût entendu voler la mort.

Ce moment fut court.

Une voix, du fond le plus obscur des groupes,
cria à Enjolras :

— Soit. Élevons la barricade à vingt pieds de
haut, et restons-y tous. Citoyens, faisons la protestation des cadavres. Montrons que, si le peuple
abandonne les républicains, les républicains n'abandonnent pas le peuple.

Cette parole dégageait du pénible nuage des
anxiétés individuelles la pensée de tous. Une accla-
mation enthousiaste l'accueillit.

On n'a jamais su le nom de l'homme qui avait
parlé ainsi; c'était quelque porte-blouse ignoré, un

inconnu, un oublié, un passant héros, ce grand anonyme toujours mêlé aux crises humaines et aux genèses sociales qui, à un instant donné, dit d'une façon suprême le mot décisif, et qui s'évanouit dans les ténèbres, après avoir représenté une minute, dans la lumière d'un éclair, le peuple et Dieu.

Cette résolution inexorable était tellement dans l'air du 6 juin 1832 que, presqu'à la même heure, dans la barricade de Saint-Merry, les insurgés poussaient cette clameur demeurée historique et consignée au procès : — Qu'on vienne à notre secours ou qu'on n'y vienne pas, qu'importe! Faisons-nous tuer ici jusqu'au dernier.

Comme on voit, les deux barricades, quoique matériellement isolées, communiquaient.

IV

CINQ DE MOINS, UN DE PLUS

Après que l'homme quelconque, qui décréta « la protestation des cadavres, » eut parlé et donné la formule de l'âme commune, de toutes les bouches sortit un cri étrangement satisfait et terrible, funèbre par le sens et triomphal par l'accent :

— Vive la mort ! Restons ici tous.

— Pourquoi tous? dit Enjolras.

— Tous ! tous !

Enjolras reprit :

— La position est bonne, la barricade est belle. Trente hommes suffisent. Pourquoi en sacrifier quarante ?

Ils répliquèrent :

— Parce que pas un ne voudra s'en aller.

— Citoyens, cria Enjolras, et il y avait dans sa voix une vibration presque irritée, la république n'est pas assez riche en hommes pour faire des dépenses inutiles. La gloriole est un gaspillage. Si, pour quelques-uns, le devoir est de s'en aller, ce devoir-là doit être fait comme un autre.

Enjolras, l'homme principe, avait sur ses coreligionnaires cette sorte de toute-puissance qui se dégage de l'absolu. Cependant, quelle que fût cette omnipotence, on murmura.

Chef jusque dans le bout des ongles, Enjolras, voyant qu'on murmurait, insista. Il reprit avec hauteur :

— Que ceux qui craignent de n'être plus que trente le disent.

Les murmures redoublèrent.

— D'ailleurs, observa une voix dans un groupe,

s'en aller, c'est facile à dire. La barricade est
cernée.

— Pas du côté des halles, dit Enjolras. La rue
Mondétour est libre, et par la rue des Prêcheurs on
peut gagner le marché des Innocents.

— Et là, reprit une autre voix du groupe, on
sera pris. On tombera dans quelque grand'garde
de la ligne ou de la banlieue. Ils verront passer un
homme en blouse et en casquette. D'où viens-tu,
toi? serais-tu pas de la barricade? Et on vous regarde les mains. Tu sens la poudre. Fusillé.

Enjolras, sans répondre, toucha l'épaule de
Combeferre, et tous deux entrèrent dans la salle
basse.

Ils ressortirent un moment après. Enjolras tenait
dans ses deux mains étendues les quatre uniformes
qu'il avait fait réserver. Combeferre le suivait portant les buffleteries et les shakos.

— Avec cet uniforme, dit Enjolras, on se mêle
aux rangs et l'on· s'échappe. Voici toujours pour
quatre.

Et il jeta sur le sol dépavé les quatre uniformes.

Aucun ébranlement ne se faisait dans le stoïque
auditoire. Combeferre prit la parole.

— Allons, dit-il, il faut avoir un peu de pitié. Savez-vous de quoi il est question ici ? Il est question
des femmes. Voyons. Y a-t-il des femmes, oui ou
non ? y a-t-il des enfants, oui ou non ? y a-t-il, oui ou
non, des mères, qui poussent des berceaux du pied
et qui ont des tas de petits autour d'elles ? Que celui
de vous qui n'a jamais vu le sein d'une nourrice lève
la main. Ah ! vous voulez vous faire tuer, je le
veux aussi, moi qui vous parle, mais je ne veux
pas sentir des fantômes de femmes qui se tordent
les bras autour de moi. Mourez, soit, mais ne faites
pas mourir. Des suicides comme celui qui va s'ac-
complir ici sont sublimes, mais le suicide est
étroit, et ne veut pas d'extension ; et dès qu'il
touche à vos proches, le suicide s'appelle meurtre.
Songez aux petites têtes blondes, et songez aux
cheveux blancs. Écoutez, tout à l'heure, Enjolras,
il vient de me le dire, a vu au coin de la rue du
Cygne une croisée éclairée, une chandelle à une
pauvre fenêtre, au cinquième, et sur la vitre l'ombre toute branlante d'une tête de vieille femme qui
avait l'air d'avoir passé la nuit et d'attendre. C'est
peut-être la mère de l'un de vous. Eh bien, qu'il
s'en aille, celui-là, et qu'il se dépêche d'aller dire

à sa mère : Mère, me voilà! Qu'il soit tranquille,
on fera la besogne ici tout de même. Quand on
soutient ses proches de son travail, on n'a plus le
droit de se sacrifier. C'est déserter la famille, cela.
Et ceux qui ont des filles, et ceux qui ont des
sœurs! Y pensez-vous? Vous vous faites tuer, vous
voilà morts, c'est bon, et demain? Des jeunes filles
qui n'ont pas de pain, cela est terrible. L'homme
mendie, la femme vend. Ah! ces charmants êtres
si gracieux et si doux qui ont des bonnets de fleurs,
qui emplissent la maison de chasteté, qui chantent, qui jasent, qui sont comme un parfum vivant,
qui prouvent l'existence des anges dans le ciel par
la pureté des vierges sur la terre, cette Jeanne,
cette Lise, cette Mimi, ces adorables et honnêtes
créatures qui sont votre bénédiction et votre or-
gueil, ah, mon Dieu, elles vont avoir faim! Que
voulez-vous que je vous dise? Il y a un marché de
chair humaine; et ce n'est pas avec vos mains
d'ombres, frémissantes autour d'elles, que vous
les empêcherez d'y entrer! Songez à la rue, songez
au pavé couvert de passants, songez aux boutiques
devant lesquelles des femmes vont et viennent dé-
colletées et dans la boue. Ces femmes-là aussi ont

été pures. Songez à vos sœurs, ceux qui en ont.
La misère, la prostitution, les sergents de ville,
Saint-Lazare, voilà où vont tomber ces délicates
belles filles, ces fragiles merveilles de pudeur, de
gentillesse et de beauté, plus fraîches que les lilas
du mois de mai. Ah! vous vous êtes fait tuer! ah!
vous n'êtes plus là! C'est bien; vous avez voulu
soustraire le peuple à la royauté, vous donnez vos
filles à la police. Amis, prenez garde, ayez de la
compassion. Les femmes, les malheureuses femmes,
on n'a pas l'habitude d'y songer beaucoup. On se
fie sur ce que les femmes n'ont pas reçu l'éducation des hommes, on les empêche de lire,
on les empêche de penser, on les empêche de
s'occuper de politique; les empêcherez-vous
d'aller ce soir à la morgue et de reconnaître
vos cadavres? Voyons, il faut que ceux qui ont
des familles soient bons enfants et nous donnent
une poignée de main et s'en aillent, et nous
laissent faire ici l'affaire tout seuls. Je sais bien
qu'il faut du courage pour s'en aller, c'est difficile; mais plus c'est difficile, plus c'est méritoire.
On dit : J'ai un fusil, je suis à la barricade, tant
pis, j'y reste. Tant pis, c'est bientôt dit. Mes amis,

il y a un lendemain; vous n'y serez pas à ce lendemain, mais vos familles y seront. Et que de
souffrances! Tenez, un joli enfant bien portant qui
a des joues comme une pomme, qui babille, qui
jacasse, qui jabote, qui rit, qu'on sent frais sous
le baiser, savez-vous ce que cela devient quand
c'est abandonné? J'en ai vu un, tout petit, haut
comme cela. Son père était mort. De pauvres gens
l'avaient recueilli par charité, mais ils n'avaient
pas de pain pour eux-mêmes. L'enfant avait toujours faim. C'était l'hiver. Il ne pleurait pas. On
le voyait aller près du poêle où il n'y avait jamais
de feu et dont le tuyau, vous savez, était mastiqué
avec de la terre jaune. L'enfant détachait avec ses
petits doigts un peu de cette terre et la mangeait.
Il avait la respiration rauque, la face livide, les
jambes molles, le ventre gros. Il ne disait rien.
On lui parlait, il ne répondait pas. Il est mort. On
l'a apporté mourir à l'hospice Necker, où je l'ai vu.
J'étais interne à cet hospice-là. Maintenant, s'il y
a des pères parmi vous, des pères qui ont pour
bonheur de se promener le dimanche en tenant
dans leur bonne main robuste la petite main de
leur enfant, que chacun de ces pères se figure que

cet enfant-là est le sien. Ce pauvre môme, je me
le rappelle, il me semble que je le vois, quand il a
été nu sur la table d'anatomie, ses côtes faisaient
saillie sous sa peau comme les fosses sous l'herbe
d'un cimetière. On lui a trouvé une espèce de boue
dans l'estomac. Il avait de la cendre dans les
dents. Allons, tâtons-nous en conscience et prenons
conseil de notre cœur. Les statistiques constatent
que la mortalité des enfants abandonnés est de
cinquante-cinq pour cent. Je le répète, il s'agit des
femmes, il s'agit des mères, il s'agit des jeunes
filles, il s'agit des mioches. Est-ce qu'on vous parle
de vous? On sait bien ce que vous êtes; on sait
bien que vous êtes tous des braves, parbleu! on
sait bien que vous avez tous dans l'âme la joie et
la gloire de donner votre vie pour la grande cause;
on sait bien que vous vous sentez élus pour mourir
utilement et magnifiquement, et que chacun de
vous tient à sa part du triomphe. A la bonne heure.
Mais vous n'êtes pas seuls en ce monde. Il y a
d'autres êtres auxquels il faut penser. Il ne faut
pas être égoïstes.

Tous baissèrent la tête d'un air sombre.

Étranges contradictions du cœur humain à ses

moments les plus sublimes ! Combeferre, qui parlait ainsi, n'était pas orphelin. Il se souvenait des
mères des autres, et il oubliait la sienne. Il allait
se faire tuer. Il était « égoïste ».

Marius, à jeun, fiévreux, successivement sorti
de toutes les espérances, échoué dans la douleur,
le plus sombre des naufrages, saturé d'émotions
violentes et sentant la fin venir, s'était de plus en
plus enfoncé dans cette stupeur visionnaire qui
précède toujours l'heure fatale volontairement ac-
ceptée.

Un physiologiste eût pu étudier sur lui les symptômes croissants de cette absorption fébrile connue
et classée par la science, et qui est à la souffrance
ce que la volupté est au plaisir. Le désespoir aussi
a son extase. Marius en était là. Il assistait à tout
comme du dehors ; ainsi que nous l'avons dit, les
choses qui se passaient devant lui, lui semblaient
lointaines ; il distinguait l'ensemble, mais n'apercevait point les détails. Il voyait les allants et ve-
nants à travers un flamboiement. Il entendait les
voix parler comme au fond d'un abîme.

Cependant ceci l'émut. Il y avait dans cette scène
une pointe qui perça jusqu'à lui, et qui le réveilla.

.

Il n'avait plus qu'une idée, mourir, et il ne voulait pas s'en distraire; mais il songea, dans son somnambulisme funèbre, qu'en se perdant, il n'est pas défendu de sauver quelqu'un.

Il éleva la voix :

— Enjolras et Combeferre ont raison, dit-il; pas de sacrifice inutile. Je me joins à eux, et il faut se hâter. Combeferre vous a dit les choses décisives. Il y en a parmi vous qui ont des familles, des mères, des sœurs, des femmes, des enfants. Que ceux-là sortent des rangs.

Personne ne bougea.

— Les hommes mariés et les soutiens de famille hors des rangs! répéta Marius.

Son autorité était grande. Enjolras était bien le chef de la barricade, mais Marius en était le sauveur.

— Je l'ordonne! cria Enjolras.

— Je vous en prie, dit Marius.

Alors, remués par la parole de Combeferre, ébranlés par l'ordre d'Enjolras, émus par la prière de Marius, ces hommes héroïques commencèrent à se dénoncer les uns les autres. — C'est vrai, disait un jeune homme à un homme fait. Tu es père

de famille. Va-t'en. — C'est plutôt toi, répondait
l'homme, tu as tes deux sœurs que tu nourris. —
Et une lutte inouïe éclatait. C'était à qui ne se lais-
serait pas mettre à la porte du tombeau.

— Dépêchons, dit Courfeyrac, dans un quart
d'heure il ne serait plus temps.

— Citoyens, poursuivit Enjolras, c'est ici la république, et le suffrage universel règne. Désignez
vous-mêmes ceux qui doivent s'en aller.

On obéit. Au bout de quelques minutes, cinq
étaient unanimement désignés et sortaient des
rangs.

— Ils sont cinq! s'écria Marius.

Il n'y avait que quatre uniformes.

— Eh bien, reprirent les cinq, il faut qu'un reste.

Et ce fut à qui resterait, et à qui trouverait aux
autres des raisons de ne pas rester. La généreuse
querelle recommença.

— Toi, tu as une femme qui t'aime. — Toi, tu
as ta vieille mère. — Toi, tu n'as plus ni père ni
mère, qu'est-ce que tes trois petits frères vont devenir? — Toi, tu es père de cinq enfants. — Toi,
tu as le droit de vivre, tu as dix-sept ans, c'est
trop tôt.

Ces grandes barricades révolutionnaires étaient des rendez-vous d'héroïsmes. L'invraisemblable y était simple. Ces hommes ne s'étonnaient pas les uns les autres.

— Faites vite, répétait Courfeyrac.

On cria des groupes à Marius :

— Désignez, vous, celui qui doit rester.

— Oui, dirent les cinq, choisissez. Nous vous obéirons.

Marius ne croyait plus à une émotion possible. Cependant à cette idée : choisir un homme pour la mort, tout son sang reflua vers son cœur. Il eût pâli, s'il eût pu pâlir encore.

Il s'avança vers les cinq qui lui souriaient, et chacun, l'œil plein de cette grande flamme qu'on voit au fond de l'histoire sur les Thermopyles, lui criait :

— Moi! moi! moi!

Et Marius, stupidement, les compta; ils étaient toujours cinq! Puis son regard s'abaissa sur les quatre uniformes.

En cet instant, un cinquième uniforme tomba, comme du ciel, sur les quatre autres.

Le cinquième homme était sauvé.

Marius leva les yeux et reconnut M. Fauchelevent.

Jean Valjean venait d'entrer dans la barricade.

Soit renseignement pris, soit instinct, soit hasard, il arrivait par la ruelle Mondétour. Grâce à
son habit de garde national, il avait passé aisément.

La vedette placée par les insurgés dans la rue
Mondétour, n'avait point à donner le signal d'a-
larme pour un garde national seul. Elle l'avait
laissé s'engager dans la rue en se disant : c'est un
renfort probablement, et au pis aller un prisonnier.
Le moment était trop grave pour que la sentinelle
pût se distraire de son devoir et de son poste d'observation.

Au moment où Jean Valjean était entré dans la
redoute, personne ne l'avait remarqué, tous les
yeux étant fixés sur les cinq choisis et sur les
quatre uniformes. Jean Valjean, lui, avait vu et
entendu, et, silencieusement, il s'était dépouillé de
son habit et l'avait jeté sur le tas des autres.

L'émotion fut indescriptible.

— Quel est cet homme? demanda Bossuet.

— C'est, répondit Combeferre, un homme qui
sauve les autres.

Marius ajouta d'une voix grave :

— Je le connais.

Cette caution suffisait à tous.

Enjolras se tourna vers Jean Valjean.

— Citoyen, soyez le bienvenu.

Et il ajouta :

— Vous savez qu'on va mourir.

Jean Valjean, sans répondre, aida l'insurgé qu'il
sauvait à revêtir son uniforme.

V

QUEL HORIZON ON VOIT DU HAUT
DE LA BARRICADE

La situation de tous, dans cette heure fatale et dans ce lieu inexorable, avait comme résultante et comme sommet la mélancolie suprême d'Enjolras.

Enjolras avait en lui la plénitude de la révolution; il était incomplet pourtant, autant que l'absolu peut l'être; il tenait trop de Saint-Just, et pas assez d'Anacharsis Clootz; cependant son esprit,

dans la société des Amis de l'A B C, avait fini par
subir une certaine aimantation des idées de Combeferre ; depuis quelque temps, il sortait peu à
peu de la forme étroite du dogme et se laissait
aller aux élargissements du progrès, et il en était
venu à accepter, comme évolution définitive et magnifique, la transformation de la grande république
française en immense république humaine. Quant
aux moyens immédiats, une situation violente étant
donnée, il les voulait violents ; en cela, il ne variait
pas ; et il était resté de cette école épique et redoutable que résume ce mot : Quatre-vingt-treize.

Enjolras était debout sur l'escalier de pavés, un
de ses coudes sur le canon de sa carabine. Il songeait ; il tressaillait, comme à des passages de
souffles ; les endroits où est la mort ont de ces
effets de trépieds. Il sortait de ses prunelles, pleines
du regard intérieur, des espèces de feux étouffés.
Tout à coup, il dressa la tête, ses cheveux blonds
se renversèrent en arrière comme ceux de l'ange
sur le sombre quadrige fait d'étoiles, ce fut comme
une crinière de lion effarée en flamboiement d'auréole, et Enjolras s'écria :

— Citoyens, vous représentez-vous l'avenir ?

Les rues des villes inondées de lumière, des branches vertes sur les seuils, les nations sœurs, les hommes justes, les vieillards bénissant les enfants, le passé aimant le présent, les penseurs en pleine liberté, les croyants en pleine égalité, pour religion le ciel, Dieu prêtre direct, la conscience humaine devenue l'autel, plus de haines, la fraternité de l'atelier et de l'école, pour pénalité et pour récompense la notoriété, à tous le travail, pour tous le droit, sur tous la paix, plus de sang versé, plus de guerres, les mères heureuses ! Dompter la matière, c'est le premier pas; réaliser l'idéal, c'est le second. Réfléchissez à ce qu'a déjà fait le progrès. Jadis les premières races humaines voyaient avec terreur passer devant leurs yeux l'hydre qui soufflait sur les eaux, le dragon qui vomissait du feu, le griffon qui était le monstre de l'air et qui volait avec les ailes d'un aigle et les griffes d'un tigre ; bêtes effrayantes qui étaient au-dessus de l'homme. L'homme cependant a tendu ses piéges, les piéges sacrés de l'intelligence, et il a fini par y prendre les monstres. Nous avons dompté l'hydre, et elle s'appelle le steamer; nous avons dompté le dragon, et il s'appelle la locomotive; nous sommes sur le point de

dompter le griffon, nous le tenons déjà, et il s'appelle le ballon. Le jour où cette œuvre promé-
théenne sera terminée et où l'homme aura définitivement attelé à sa volonté la triple Chimère antique,
l'hydre, le dragon et le griffon, il sera maître de
l'eau, du feu et de l'air, et il sera pour le reste de la
création animée ce que les anciens dieux étaient
jadis pour lui. Courage, et en avant! Citoyens, où
allons-nous? A la science faite gouvernement, à la
force des choses devenue seule force publique, à la
loi naturelle ayant sa sanction et sa pénalité en elle-
même et se promulguant par l'évidence, à un lever
de vérité correspondant au lever du jour. Nous
allons à l'union des peuples; nous allons à l'unité
de l'homme. Plus de fictions; plus de parasites.
Le réel gouverné par le vrai, voilà le but. La civilisation tiendra ses assises au sommet de l'Europe,
et plus tard au centre des continents, dans un grand
parlement de l'intelligence. Quelque chose de pareil
s'est vu déjà. Les amphictyons avaient deux séances
par an, l'une à Delphes, lieu des dieux, l'autre
aux Thermopyles, lieu des héros. L'Europe aura
ses amphictyons; le globe aura ses amphictyons.
La France porte cet avenir sublime dans ses flancs.

C'est là la gestation du dix-neuvième siècle. Ce qu'avait ébauché la Grèce est digne d'être achevé par la France. Écoute-moi, toi Feuilly, vaillant ouvrier, homme du peuple, homme des peuples. Je te vénère. Oui, tu vois nettement les temps futurs, oui, tu as raison. Tu n'avais ni père ni mère, Feuilly; tu as adopté pour mère l'humanité et pour père le droit. Tu vas mourir ici, c'est-à-dire triompher. Citoyens, quoi qu'il arrive aujourd'hui, par notre défaite aussi bien que par notre victoire, c'est une révolution que nous allons faire. De même que les incendies éclairent toute la ville, les révolutions éclairent tout le genre humain. Et quelle révolution ferons-nous? Je viens de le dire, la révolution du Vrai. Au point de vue politique, il n'y a qu'un seul principe : la souveraineté de l'homme sur lui-même. Cette souveraineté de moi sur moi s'appelle Liberté. Là où deux ou plusieurs de ces souverainetés s'associent commence l'État. Mais dans cette association il n'y a nulle abdication. Chaque souveraineté concède une certaine quantité d'elle-même pour former le droit commun. Cette quantité est la même pour tous. Cette identité de concession que chacun fait à tous s'appelle Égalité. Le

droit commun n'est pas autre chose que la protection de tous rayonnant sur le droit de chacun.
Cette protection de tous sur chacun s'appelle Fraternité. Le point d'intersection de toutes ces souverainetés qui s'agrégent s'appelle société. Cette
intersection étant une jonction, ce point est un
nœud. De là ce qu'on appelle le lien social. Quelques-uns disent contrat social; ce qui est la même
chose, le mot contrat étant étymologiquement
formé avec l'idée de lien. Entendons-nous sur
l'égalité; car, si la liberté est le sommet, l'égalité
est la base. L'égalité, citoyens, ce n'est pas toute
la végétation à niveau, une société de grands brins
d'herbe et de petits chênes; un voisinage de jalou-
sies s'entre-châtrant; c'est, civilement, toutes les
aptitudes ayant la même ouverture; politiquement,
tous les votes ayant le même poids; religieusement,
toutes les consciences ayant le même droit. L'Égalité a un organe : l'instruction gratuite et obliga-
toire. Le droit à l'alphabet, c'est par là qu'il faut
commencer. L'école primaire imposée à tous, l'école
secondaire offerte à tous, c'est là la loi. De l'école
identique sort la société égale. Oui, enseignement !
Lumière ! Lumière ! tout vient de la lumière et tout

y retourne. Citoyens, le dix-neuvième siècle est
grand, mais le vingtième siècle sera heureux.
Alors plus rien de semblable à la vieille histoire;
on n'aura plus à craindre, comme aujourd'hui,
une conquête, une invasion, une usurpation, une
rivalité de nations à main armée, une interruption
de civilisation dépendant d'un mariage de rois,
une naissance dans les tyrannies héréditaires, un
partage de peuples par congrès, un démembre-
ment par écroulement de dynastie, un combat de
deux religions se rencontrant de front, comme
deux boucs de l'ombre, sur le pont de l'infini; on
n'aura plus à craindre la famine, l'exploitation, la
prostitution par détresse, la misère par chômage,
et l'échafaud, et le glaive, et les batailles, et tous
les brigandages du hasard dans la forêt des événements. On pourrait presque dire : il n'y aura
plus d'événements. On sera heureux. Le genre humain accomplira sa loi comme le globe terrestre
accomplit la sienne; l'harmonie se rétablira entre
l'âme et l'astre; l'âme gravitera autour de la vérité comme l'astre autour de la lumière. Amis,
l'heure où nous sommes et où je vous parle est
une heure sombre; mais ce sont là les achats ter-

ribles de l'avenir. Une révolution est un péage. Oh !
le genre humain sera délivré, relevé et consolé !
Nous le lui affirmons sur cette barricade. D'où
poussera-t-on le cri d'amour, si ce n'est du haut
du sacrifice? O mes frères, c'est ici le lieu de jonction de ceux qui pensent et de ceux qui souffrent ;
cette barricade n'est faite ni de pavés, ni de poutres, ni de ferrailles ; elle est faite de deux monceaux, un monceau d'idées et un monceau de
douleurs. La misère y rencontre l'idéal. Le jour
y embrasse la nuit et lui dit : Je vais mourir avec
toi et tu vas renaître avec moi. De l'étreinte de
toutes les désolations jaillit la foi. Les souffrances
apportent ici leur agonie, et les idées leur immortalité. Cette agonie et cette immortalité vont se
mêler et composer notre mort. Frères, qui meurt
ici meurt dans le rayonnement de l'avenir, et
nous entrons dans une tombe toute pénétrée d'aurore.

Enjolras s'interrompit plutôt qu'il ne se tut; ses
lèvres remuaient silencieusement comme s'il continuait de se parler à lui-même, ce qui fit qu'atten-
tifs, et pour tâcher de l'entendre encore, ils le regardèrent. Il n'y eut pas d'applaudissement ; mais

on chuchota longtemps. La parole étant soufflé,
les frémissements d'intelligences ressemblent à des
frémissements de feuilles.

VI

MARIUS HAGARD, JAVERT LACONIQUE

Disons ce qui se passait dans la pensée de
Marius.

Qu'on se souvienne de sa situation d'âme. Nous
venons de le rappeler, tout n'était plus pour lui
que vision. Son appréciation était trouble. Marius,
insistons-y, était sous l'ombre des grandes ailes
ténébreuses ouvertes sur les agonisants. Il se sentait entré dans le tombeau, il lui semblait qu'il était
déjà de l'autre côté de la muraille, et il ne voyait

plus les faces des vivants qu'avec les yeux d'un
mort.

Comment M. Fauchelevent était-il là ? Pourquoi
y était-il ? Qu'y venait-il faire ? Marius ne s'adressa
point toutes ces questions. D'ailleurs, notre désespoir ayant cela de particulier qu'il enveloppe autrui
comme nous-même, il lui semblait logique que tout
le monde vînt mourir.

Seulement il songea à Cosette avec un serrement
de cœur.

Du reste M. Fauchelevent ne lui parla pas, ne
le regarda pas, et n'eut pas même l'air d'entendre
lorsque Marius éleva la voix pour dire : Je le
connais.

Quant à Marius, cette attitude de M. Fauchelevent le soulageait, et si l'on pouvait employer un
tel mot pour de telles impressions, nous dirions,
lui plaisait. Il s'était toujours senti une impossibilité absolue d'adresser la parole à cet homme énig-
matique qui était à la fois pour lui équivoque et im-
posant. Il y avait en outre très-longtemps qu'il ne
l'avait vu ; ce qui, pour la nature timide et réser-
vée de Marius, augmentait encore l'impossibilité.

Les cinq hommes désignés sortirent de la barricade par la ruelle Mondétour; ils ressemblaient parfaitement à des gardes nationaux. Un d'eux s'en alla en pleurant. Avant de partir, ils embrassèrent ceux qui restaient.

Quand les cinq hommes renvoyés à la vie furent partis, Enjolras pensa au condamné à mort. Il entra dans la salle basse. Javert, lié au pilier, songeait.

— Te faut-il quelque chose? lui demanda Enjolras.

Javert répondit :

— Quand me tuerez-vous?

— Attends. Nous avons besoin de toutes nos cartouches en ce moment.

— Alors, donnez-moi à boire, dit Javert.

Enjolras lui présenta lui-même un verre d'eau, et, comme Javert était garrotté, il l'aida à boire.

— Est-ce là tout? reprit Enjolras.

— Je suis mal à ce poteau, répondit Javert. Vous n'êtes pas tendres de m'avoir laissé passer la nuit là. Liez-moi comme il vous plaira, mais vous pouvez bien me coucher sur une table, comme l'autre.

Et d'un mouvement de tête il désignait le cadavre de M. Mabeuf.

Il y avait, on s'en souvient, au fond de la salle une grande et longue table sur laquelle on avait fondu des balles et fait des cartouches. Toutes les cartouches étant faites et toute la poudre étant employée, cette table était libre.

Sur l'ordre d'Enjolras, quatre insurgés délièrent Javert du poteau. Tandis qu'on le déliait, un cinquième lui tenait une baïonnette appuyée sur la poitrine. On lui laissa les mains attachées derrière le dos, on lui mit aux pieds une corde à fouet mince et solide qui lui permettait de faire des pas de quinze pouces comme à ceux qui vont monter à l'échafaud, et on le fit marcher jusqu'à la table au fond de la salle où on l'étendit, étroitement lié par le milieu du corps.

Pour plus de sûreté, au moyen d'une corde fixée au cou, on ajouta au système de ligatures qui lui rendaient toute évasion impossible cette espèce de lien, appelé dans les prisons martingale, qui part de la nuque, se bifurque sur l'estomac, et vient rejoindre les mains après avoir passé entre les jambes.

Pendant qu'on garrottait Javert, un homme, sur le seuil de la porte, le considérait avec une atten-

tion singulière. L'ombre que faisait cet homme fit
tourner la tête à Javert. Il leva les yeux et reconnut Jean Valjean. Il ne tressaillit même pas,
abaissa fièrement la paupière, et se borna à dire :
c'est tout simple.

VII

LA SITUATION S'AGGRAVE

Le jour croissait rapidement. Mais pas une fenêtre ne s'ouvrait, pas une porte ne s'entre-bâillait;
c'était l'aurore, non le réveil. L'extrémité de la rue
de la Chanvrerie opposée à la barricade avait été
évacuée par les troupes, comme nous l'avons dit;
elle semblait libre et s'ouvrait aux passants avec
une tranquillité sinistre. La rue Saint-Denis était
muette comme l'avenue des Sphinx à Thèbes. Pas

un être vivant dans les carrefours que blanchissait un reflet de soleil. Rien n'est lugubre comme cette clarté des rues désertes.

On ne voyait rien, mais on entendait. Il se faisait à une certaine distance un mouvement mystérieux. Il était évident que l'instant critique arrivait. Comme la veille au soir les vedettes se replièrent; mais cette fois toutes.

La barricade était plus forte que lors de la première attaque. Depuis le départ des cinq, on l'avait exhaussée encore.

Sur l'avis de la vedette qui avait observé la région des halles, Enjolras, de peur d'une surprise par derrière, prit une résolution grave. Il fit barricader le petit boyau de la ruelle Mondétour resté libre jusqu'alors. On dépava pour cela quelques longueurs de maisons de plus. De cette façon, la barricade, murée sur trois rues, en avant sur la rue de la Chanvrerie, à gauche sur la rue du Cygne et la Petite-Truanderie, à droite sur la rue Mondétour, était vraiment presque inexpugnable; il est vrai qu'on y était fatalement enfermé. Elle avait trois fronts, mais n'avait plus d'issue. — Forteresse, mais souricière, dit Courfeyrac en riant.

Enjolras fit entasser près de la porte du cabaret une trentaine de pavés, « arrachés de trop, » disait Bossuet.

Le silence était maintenant si profond du côté d'où l'attaque devait venir qu'Enjolras fit reprendre à chacun le poste de combat.

On distribua à tous une ration d'eau-de-vie.

Rien n'est plus curieux qu'une barricade qui se prépare à un assaut. Chacun choisit sa place comme au spectacle. On s'accote, on s'accoude, on s'épaule. Il y en a qui se font des stalles avec des pavés. Voilà un coin de mur qui gêne, on s'en éloigne; voici un redan qui peut protéger, on s'y abrite. Les gauchers sont précieux; ils prennent les places incommodes aux autres. Beaucoup s'arrangent pour combattre assis. On veut être à l'aise pour tuer et conforta-blement pour mourir. Dans la funeste guerre de juin 1848, un insurgé qui avait un tir redoutable et qui se battait du haut d'une terrasse sur un toit, s'y était fait apporter un fauteuil Voltaire; un coup de mitraille vint l'y trouver.

Sitôt que le chef a commandé le branle-bas de combat, tous les mouvements désordonnés cessent; plus de tiraillements de l'un à l'autre; plus de co-

teries; plus d'aparté; plus de bande à part; tout
ce qui est dans les esprits converge et se change en
attente de l'assaillant. Une barricade avant le danger, chaos; dans le danger, discipline. Le péril fait
l'ordre.

Dès qu'Enjolras eut pris sa carabine à deux
coups et se fut placé à une espèce de créneau qu'il
s'était réservé, tous se turent. Un pétillement de
petits bruits secs retentit confusément le long de la
muraille de pavés. C'étaient les fusils qu'on armait.

Du reste, les attitudes étaient plus fières et plus
confiantes que jamais; l'excès du sacrifice est un
affermissement; ils n'avaient plus l'espérance, mais
ils avaient le désespoir. Le désespoir, dernière
arme, qui donne la victoire quelquefois; Virgile l'a
dit. Les ressources suprêmes sortent des résolu-
tions extrêmes. S'embarquer dans la mort, c'est
parfois le moyen d'échapper au naufrage; et le couvercle du cercueil devient une planche de salut.

Comme la veille au soir, toutes les attentions
étaient tournées, et on pourrait presque dire ap-
puyées, sur le bout de la rue, maintenant éclairé
et visible.

L'attente ne fut pas longue. Le remuement re-

commença distinctement du côté de Saint-Leu,
mais cela ne ressemblait pas au mouvement de la
première attaque. Un clapotement de chaînes, le
cahotement inquiétant d'une masse, un cliquetis
d'airain sautant sur le pavé, une sorte de fracas
solennel, annoncèrent qu'une ferraille sinistre s'approchait. Il y eut un tressaillement dans les entrailles de ces vieilles rues paisibles, percées et
bâties pour la circulation féconde des intérêts et
des idées, et qui ne sont pas faites pour le roulement monstrueux des roues de la guerre.

La fixité des prunelles de tous les combattants
sur l'extrémité de la rue devint farouche.

Une pièce de canon apparut.

Les artilleurs poussaient la pièce ; elle était dans
son encastrement de tir ; l'avant-train avait été dé-
taché ; deux soutenaient l'affût, quatre étaient aux
roues ; d'autres suivaient avec le caisson. On voyait
fumer la mèche allumée.

— Feu ! cria Enjolras.

Toute la barricade fit feu, la détonation fut effroyable ; une avalanche de fumée couvrit et effaça
la pièce et les hommes ; après quelques secondes le
nuage se dissipa, et le canon et les hommes repa-

rurent; les servants de la pièce achevaient de la
rouler en face de la barricade lentement, correcte-
ment, et sans se hâter. Pas un n'était atteint. Puis
le chef de pièce, pesant sur la culasse pour élever le tir, se mit à pointer le canon avec la gravité
d'un astronome qui braque une lunette.

— Bravo les canonniers! cria Bossuet.

Et toute la barricade battit des mains.

Un moment après, carrément posée au beau milieu de la rue à cheval sur le ruisseau, la pièce
était en batterie. Une gueule formidable était ouverte sur la barricade.

— Allons, gai! fit Courfeyrac. Voilà le brutal.
Après la chiquenaude, le coup de poing. L'armée
étend vers nous sa grosse patte. La barricade
va être sérieusement secouée. La fusillade tâte, le
canon prend.

— C'est une pièce de huit, nouveau modèle, en
bronze, ajouta Combeferre. Ces pièces-là, pour peu
qu'on dépasse la proportion de dix parties d'étain
sur cent de cuivre, sont sujettes à éclater. L'excès
d'étain les fait trop tendres. Il arrive alors qu'elles
ont des caves et des chambres dans la lumière.
Pour obvier à ce danger et pouvoir forcer la charge,

il faudrait peut-être en revenir au procédé du quatorzième siècle, le cerclage, et émenaucher exté-
rieurement la pièce d'une suite d'anneaux d'acier
sans soudure, depuis la culasse jusqu'au tourillon.
En attendant, on remédie comme on peut au défaut ; on parvient à reconnaître où sont les trous et
les caves dans la lumière d'un canon au moyen du
chat. Mais il y a un meilleur moyen, c'est l'étoile
mobile de Gribeauval.

— Au seizième siècle, observa Bossuet, on rayait
les canons.

— Oui, répondit Combeferre, cela augmente la
puissance balistique, mais diminue la justesse de
tir. Dans le tir à courte distance, la trajectoire n'a
pas toute la roideur désirable, la parabole s'exa-
gère, le chemin du projectile n'est plus assez rectiligne pour qu'il puisse frapper les objets inter-
médiaires, nécessité de combat pourtant, dont
l'importance croît avec la proximité de l'ennemi et
la précipitation du tir. Ce défaut de tension de la
courbe du projectile dans les canons rayés du seizième siècle tenait à la faiblesse de la charge ; les
faibles charges, pour cette espèce d'engins, sont
imposées par des nécessités de balistique, telles,

par exemple, que la conservation des affûts. En somme, le canon, ce despote, ne peut pas tout ce qu'il veut; la force est une grosse faiblesse. Un boulet de canon ne fait que six cents lieues par heure ; la lumière fait soixante-dix mille lieues par seconde. Telle est la supériorité de Jésus-Christ sur Napoléon.

— Rechargez les armes, dit Enjolras.

De quelle façon le revêtement de la barricade allait-il se comporter sous le boulet? le coup ferait-il brèche? Là était la question. Pendant que les insurgés rechargeaient les fusils, les artilleurs chargeaient le canon.

L'anxiété était profonde dans la redoute.

Le coup partit, la détonation éclata.

— Présent! cria une voix joyeuse.

Et en même temps que le boulet sur la barricade, Gavroche s'abattit dedans.

Il arrivait du côté de la rue du Cygne et il avait lestement enjambé la barricade accessoire qui faisait front au dédale de la Petite-Truanderie.

Gavroche fit plus d'effet dans la barricade que le boulet.

Le boulet s'était perdu dans le fouillis des

décombres. Il avait tout au plus brisé une roue de l'omnibus, et achevé la vieille charrette Anceau. Ce que voyant, la barricade se mit à rire.

— Continuez, cria Bossuet aux artilleurs.

VIII

LES ARTILLEURS SE FONT PRENDRE AU SÉRIEUX

On entoura Gavroche.

Mais il n'eut le temps de rien raconter. Marius, frissonnant, le prit à part.

— Qu'est-ce que tu viens faire ici?

— Tiens ! dit l'enfant. Et vous?

Et il regarda fixement Marius avec son effronterie épique. Ses deux yeux s'agrandissaient de la clarté fière qui était dedans.

Ce fut avec l'accent sévère que Marius continua :

— Qu'est-ce qui te disait de revenir? As-tu au moins remis ma lettre à son adresse?

Gavroche n'était point sans quelque remords à l'endroit de cette lettre. Dans sa hâte de revenir à la barricade, il s'en était défait plutôt qu'il ne l'avait remise. Il était forcé de s'avouer à lui-même qu'il l'avait confiée un peu légèrement à cet inconnu dont il n'avait même pu distinguer le visage. Il est vrai que cet homme était nu-tête, mais cela ne suffisait pas. En somme, il se faisait à ce sujet de petites remontrances intérieures et il craignait les reproches de Marius. Il prit, pour se tirer d'affaire, le procédé le plus simple; il mentit abominablement.

— Citoyen, j'ai remis la lettre au portier. La dame dormait. Elle aura la lettre en se réveillant.

Marius, en envoyant cette lettre, avait deux buts : dire adieu à Cosette et sauver Gavroche. Il dut se contenter de la moitié de ce qu'il voulait.

L'envoi de sa lettre, et la présence de M. Fauchelevent dans la barricade, ce rapprochement s'offrit à son esprit. Il montra à Gavroche M. Fauchelevent.

— Connais-tu cet homme?

— Non, dit Gavroche.

Gavroche, en effet, nous venons de le rappeler, n'avait vu Jean Valjean que la nuit.

Les conjectures troubles et maladives qui s'étaient ébauchées dans l'esprit de Marius se dissipèrent. Connaissait-il les opinions de M. Fauchelevent? M. Fauchelevent était républicain peut-être. De là sa présence toute simple dans ce combat.

Cependant Gavroche était déjà à l'autre bout de la barricade criant : mon fusil !

Courfeyrac le lui fit rendre.

Gavroche prévint « les camarades, » comme il les appelait, que la barricade était bloquée. Il avait eu grand'peine à arriver. Un bataillon de ligne, dont les faisceaux étaient dans la Petite-Truanderie, observait le côté de la rue du Cygne; du côté opposé, la garde municipale occupait la rue des Prêcheurs. En face, on avait le gros de l'armée.

Ce renseignement donné, Gavroche ajouta :

— Je vous autorise à leur flanquer une pile indigne.

Cependant Enjolras à son créneau, l'oreille tendue, épiait.

Les assaillants, peu contents sans doute du coup à boulet, ne l'avaient pas répété.

Une compagnie d'infanterie de ligne était venue occuper l'extrémité de la rue, en arrière de la pièce. Les soldats dépavaient la chaussée et y construisaient avec les pavés une petite muraille basse, une façon d'épaulement qui n'avait guère plus de dix-huit pouces de hauteur et qui faisait front à la barricade. A l'angle de gauche de cet épaulement, on voyait la tête de colonne d'un bataillon de la banlieue, massé rue Saint-Denis.

Enjolras, au guet, crut distinguer le bruit particulier qui se fait quand on retire des caissons les boîtes à mitraille, et il vit le chef de pièce changer le pointage et incliner légèrement la bouche du canon à gauche. Puis les canonniers se mirent à charger la pièce. Le chef de pièce saisit lui-même le boute-feu et l'approcha de la lumière.

— Baissez la tête, ralliez le mur ! cria Enjolras, et tous à genoux le long de la barricade !

Les insurgés, épars devant le cabaret et qui avaient quitté leur poste de combat à l'arrivée de Gavroche, se ruèrent pêle-mêle vers la barricade ; mais avant que l'ordre d'Enjolras fût exécuté, la décharge se fit avec le râle effrayant d'un coup de mitraille. C'en était un en effet.

La charge avait été dirigée sur la coupure de la redoute, y avait ricoché sur le mur, et ce ricochet épouvantable avait fait deux morts et trois blessés.

Si cela continuait, la barricade n'était plus tenable. La mitraille entrait.

Il y eut une rumeur de consternation.

— Empêchons toujours le second coup, dit Enjolras.

Et, abaissant sa carabine, il ajusta le chef de pièce qui, en ce moment, penché sur la culasse du canon, rectifiait et fixait définitivement le pointage.

Ce chef de pièce était un beau sergent de canonniers, tout jeune, blond, à la figure très-douce, avec l'air intelligent propre à cette arme prédestinée et redoutable qui, à force de se perfectionner dans l'horreur, doit finir par tuer la guerre.

Combeferre, debout près d'Enjolras, considérait ce jeune homme.

— Quel dommage ! dit Combeferre. La hideuse chose que ces boucheries ! Allons, quand il n'y aura plus de rois, il n'y aura plus de guerre. Enjolras, tu vises ce sergent, tu ne le regardes pas. Figure-toi que c'est un charmant jeune homme ; il est intrépide ; on voit qu'il pense ; c'est très-instruit, ces jeunes gens de l'artillerie ; il a un père, une mère, une famille ; il aime probablement ; il a tout au plus vingt-cinq ans ; il pourrait être ton frère.

— Il l'est, dit Enjolras.

— Oui, reprit Combeferre, et le mien aussi. Eh bien, ne le tuons pas.

— Laisse-moi. Il faut ce qu'il faut.

Et une larme coula lentement sur la joue de marbre d'Enjolras.

En même temps il pressa la détente de sa carabine. L'éclair jaillit. L'artilleur tourna deux fois sur lui-même, les bras étendus devant lui et la tête levée comme pour aspirer l'air, puis se renversa le flanc sur la pièce et y resta sans mouvement. On voyait son dos du centre duquel sortait tout droit un flot de sang. La balle lui avait traversé la poitrine de part en part. Il était mort.

Il fallut l'emporter et le remplacer. C'étaient en effet quelques minutes de gagnées.

EMPLOI DE CE VIEUX TALENT DE BRACONNIER
ET DE CE COUP DE FUSIL INFAILLIBLE
QUI A INFLUÉ SUR LA CONDAMNATION DE 1796

Les avis se croisaient dans la barricade. Le tir de la pièce allait recommencer. On n'en avait pas pour un quart d'heure avec cette mitraille. Il était absolument nécessaire d'amortir les coups.

Enjolras jeta ce commandement :

— Il faut mettre là un matelas.

— On n'en a pas, dit Combeferre, les blessés sont dessus.

Jean Valjean, assis à l'écart sur une borne, à l'angle du cabaret, son fusil entre les jambes, n'avait jusqu'à cet instant pris part à rien de ce qui se passait. Il semblait ne pas entendre les combattants dire autour de lui : Voilà un fusil qui ne fait rien.

A l'ordre donné par Enjolras, il se leva.

On se souvient qu'à l'arrivée du rassemblement rue de la Chanvrerie, une vieille femme, prévoyant les balles, avait mis son matelas devant sa fenêtre. Cette fenêtre, fenêtre de grenier, était sur le toit d'une maison à six étages située un peu en dehors de la barricade. Le matelas, posé en travers, appuyé par le bas sur deux perches à sécher le linge, était soutenu en haut par deux cordes qui, de loin, semblaient deux ficelles et qui se rattachaient à des clous plantés dans les chambranles de la mansarde. On voyait ces deux cordes distinctement sur le ciel comme des cheveux.

— Quelqu'un peut-il me prêter une carabine à deux coups? dit Jean Valjean.

Enjolras, qui venait de recharger la sienne, la lui tendit.

Jean Valjean ajusta la mansarde et tira.

Une des deux cordes du matelas était coupée.

Le matelas ne pendait plus que par un fil.

Jean Valjean lâcha le second coup. La deuxième corde fouetta la vitre de la mansarde. Le matelas glissa entre les deux perches et tomba dans la rue.

La barricade applaudit.

Toutes les voix crièrent :

— Voilà un matelas.

— Oui, dit Combeferre, mais qui l'ira chercher ?

Le matelas en effet était tombé en dehors de la barricade, entre les assiégés et les assiégeants. Or, la mort du sergent de canonniers ayant exaspéré la troupe, les soldats, depuis quelques instants, s'étaient couchés à plat ventre derrière la ligne de pavés qu'ils avaient élevée, et, pour suppléer au silence forcé de la pièce qui se taisait en attendant que son service fût réorganisé, ils avaient ouvert le feu contre la barricade. Les insurgés ne répondaient pas à cette mousqueterie, pour épargner les munitions. La fusillade se brisait à la barricade ; mais la rue, qu'elle remplissait de balles, était terrible.

Jean Valjean sortit de la coupure, entra dans la rue, traversa l'orage de balles, alla au matelas, le ramassa, le chargea sur son dos, et revint dans la barricade.

Lui-même mit le matelas dans la coupure. Il l'y fixa contre le mur de façon que les artilleurs ne le vissent pas.

Cela fait, on attendit le coup de mitraille.

Il ne tarda pas.

Le canon vomit avec un rugissement son paquet de chevrotines. Mais il n'y eut pas de ricochet. La mitraille avorta sur le matelas. L'effet prévu était obtenu. La barricade était préservée.

— Citoyen, dit Enjolras à Jean Valjean, la république vous remercie.

Bossuet admirait et riait. Il s'écria :

— C'est immoral qu'un matelas ait tant de puissance. Triomphe de ce qui plie sur ce qui foudroie. Mais c'est égal, gloire au matelas qui annule un canon !

X

AURORE

En ce moment-là, Cosette se réveillait.

Sa chambre était étroite, propre, discrète, avec une longue croisée au levant sur l'arrière-cour de la maison.

Cosette ne savait rien de ce qui se passait dans Paris. Elle n'était point là la veille et elle était déjà rentrée dans sa chambre quand Toussaint avait dit : Il paraît qu'il y a du train.

Cosette avait dormi peu d'heures, mais bien. Elle avait eu de doux rêves, ce qui tenait peut-être un peu à ce que son petit lit était très-blanc. Quelqu'un qui était Marius lui était apparu dans de la lumière. Elle se réveilla avec du soleil dans les yeux, ce qui d'abord lui fit l'effet de la continuation du songe.

Sa première pensée sortant de ce rêve fut riante. Cosette se sentit toute rassurée. Elle traversait, comme Jean Valjean quelques heures auparavant, cette réaction de l'âme qui ne veut absolument pas du malheur. Elle se mit à espérer de toutes ses forces sans savoir pourquoi. Puis un serrement de cœur lui vint. — Voilà trois jours qu'elle n'avait vu Marius. Mais elle se dit qu'il devait avoir reçu sa lettre, qu'il savait où elle était, et qu'il avait tant d'esprit, et qu'il trouverait moyen d'arriver jusqu'à elle. — Et cela certainement aujourd'hui, et peut-être ce matin même. — Il faisait grand jour, mais le rayon de lumière était très-horizontal, elle pensa qu'il était de très-bonne heure; qu'il fallait se lever pourtant; pour recevoir Marius.

Elle sentait qu'elle ne pouvait vivre sans Marius, et que par conséquent cela suffisait, et que Marius

viendrait. Aucune objection n'était recevable. Tout
cela était certain. C'était déjà assez monstrueux
d'avoir souffert trois jours. Marius absent trois
jours, c'était horrible au bon Dieu. Maintenant,
cette cruelle taquinerie d'en haut était une épreuve
traversée, Marius allait arriver, et apporterait une
bonne nouvelle. Ainsi est faite la jeunesse; elle
essuie vite ses yeux; elle trouve la douleur inutile
et ne l'accepte pas. La jeunesse est le sourire de
l'avenir devant un inconnu qui est lui-même. Il lui
est naturel d'être heureuse. Il semble que sa respiration soit faite d'espérance.

Du reste, Cosette ne pouvait parvenir à se rappeler ce que Marius lui avait dit au sujet de cette
absence qui ne devait durer qu'un jour, et quelle
explication il lui en avait donnée. Tout le monde a
remarqué avec quelle adresse une monnaie qu'on
laisse tomber à terre court se cacher, et quel art
elle a de se rendre introuvable. Il y a des pensées
. qui nous jouent le même tour; elles se blottissent
dans un coin de notre cerveau; c'est fini; elles sont
perdues; impossible de remettre la mémoire dessus. Cosette se dépitait quelque peu du petit effort
inutile que faisait son souvenir. Elle se disait que

c'était bien mal à elle et bien coupable d'avoir oublié des paroles prononcées par Marius.

Elle sortit du lit et fit les deux ablutions de l'âme et du corps, sa prière et sa toilette.

On peut à la rigueur introduire le lecteur dans une chambre nuptiale, non dans une chambre virginale. Le vers l'oserait à peine, la prose ne le doit pas.

C'est l'intérieur d'une fleur encore close, c'est une blancheur dans l'ombre, c'est la cellule intime d'un lys fermé qui ne doit pas être regardé par l'homme tant qu'il n'a pas été regardé par le soleil. La femme en bouton est sacrée. Ce lit innocent qui se découvre, cette adorable demi-nudité qui a peur d'elle-même, ce pied blanc qui se réfugie dans une pantoufle, cette gorge qui se voile devant un miroir comme si ce miroir était une prunelle, cette chemise qui se hâte de remonter et de cacher l'épaule pour un meuble qui craque ou pour une voiture qui passe, ces cordons noués, ces agrafes accrochées, ces lacets tirés, ces tressaillements, ces frissons de froid et de pudeur, cet effarouchement exquis de tous les mouvements, cette inquiétude presque ailée là où rien n'est à craindre,

les phases successives du vêtement aussi charmantes
que les nuages de l'aurore, il ne sied point que
tout cela soit raconté, et c'est déjà trop de l'indiquer.

L'œil de l'homme doit être plus religieux encore
devant le lever d'une jeune fille que devant le lever
d'une étoile. La possibilité d'atteindre doit tourner
en augmentation de respect. Le duvet de la pêche,
la cendre de la prune, le cristal radié de la neige,
l'aile du papillon poudrée de plumes, sont des
choses grossières auprès de cette chasteté qui ne
sait pas même qu'elle est chaste. La jeune fille
n'est qu'une lueur de rêve et n'est pas encore une
statue. Son alcôve est cachée dans la partie sombre
de l'idéal. L'indiscret toucher du regard brutalise
cette vague pénombre. Ici, contempler, c'est pro-
faner.

Nous ne montrerons donc rien de tout ce suave
petit remue-ménage du réveil de Cosette.

Un conte d'orient dit que la rose avait été faite
par Dieu blanche, mais qu'Adam l'ayant regardée
au moment où elle s'entr'ouvrait, elle eut honte et
devint rose. Nous sommes de ceux qui se sentent
interdits devant les jeunes filles et les fleurs, les
trouvant vénérables.

Cosette s'habilla bien vite, se peigna, se coiffa, ce qui était fort simple en ce temps-là où les femmes n'enflaient pas leurs boucles et leurs bandeaux avec des coussinets et des tonnelets et ne mettaient point de crinolines dans leurs cheveux. Puis elle ouvrit la fenêtre et promena ses yeux partout autour d'elle, espérant découvrir quelque peu de la rue, un angle de maison, un coin de pavés, et pouvoir guetter là Marius. Mais on ne voyait rien du dehors. L'arrière-cour était enveloppée de murs assez hauts, et n'avait pour échappée que quelques jardins. Cosette déclara ces jardins hideux; pour la première fois de sa vie elle trouva des fleurs laides. Le moindre bout de ruisseau du carrefour eût été bien mieux son affaire. Elle prit le parti de regarder le ciel, comme si elle pensait que Marius pouvait venir aussi de là.

Subitement, elle fondit en larmes. Non que ce fût mobilité d'âme; mais, des espérances coupées d'accablement, c'était sa situation. Elle sentit confusément on ne sait quoi d'horrible. Les choses passent dans l'air en effet. Elle se dit qu'elle n'était sûre de rien, que se perdre de vue, c'était se perdre; et l'idée que Marius pourrait bien lui revenir du ciel, lui apparut, non plus charmante, mais lugubre.

Puis, tels sont ces nuages, le calme lui revint, et l'espoir, et une sorte de sourire inconscient, mais confiant en Dieu.

Tout le monde était encore couché dans la maison. Un silence provincial régnait. Aucun volet n'était poussé. La loge du portier était fermée. Toussaint n'était pas levée, et Cosette pensa tout naturellement que son père dormait. Il fallait qu'elle eût bien souffert, et qu'elle souffrît bien encore, car elle se disait que son père avait été méchant; mais elle comptait sur Marius. L'éclipse d'une telle lumière était décidément impossible. Par instants elle entendait à une certaine distance des espèces de secousses sourdes, et elle disait : C'est singulier qu'on ouvre et qu'on ferme les portes cochères de si bonne heure. C'étaient les coups de canon qui battaient la barricade.

Il y avait, à quelques pieds au-dessous de la croisée de Cosette, dans la vieille corniche toute noire du mur, un nid de martinets; l'encorbellement de ce nid faisait un peu saillie au delà de la corniche, si bien que d'en haut on pouvait voir le dedans de ce petit paradis. La mère y était, ouvrant ses ailes en éventail sur sa couvée ; le père voletait, s'en allait, puis revenait, rapportant dans son bec de la nourriture et des baisers. Le jour levant dorait cette chose heureuse, la grande loi Multipliez était là souriante et auguste, et ce doux mystère s'épanouissait dans la gloire du matin. Cosette, les cheveux dans le soleil, l'âme dans les chimères, éclairée par l'amour au dedans et par l'aurore au dehors, se pencha comme machinalement, et, sans presque oser s'avouer qu'elle pensait en même temps à Marius, se mit à regarder ces oiseaux, cette famille, ce mâle et cette femelle, cette mère et ces petits, avec le profond trouble qu'un nid donne à une vierge.

XI

LE COUP DE FUSIL QUI NE MANQUE RIEN
ET QUI NE TUE PERSONNE

Le feu des assaillants continuait. La mousqueterie et la mitraille alternaient, sans grand ravage
à la vérité. Le haut de la façade de Corinthe souffrait seul ; la croisée du premier étage et les mansardes du toit, criblées de chevrotines et de bis-
caïens, se déformaient lentement. Les combattants
qui s'y étaient postés avaient dû s'effacer. Du reste,

ceci est une tactique de l'attaque des barricades;
tirailler longtemps, afin d'épuiser lès munitions des
insurgés, s'ils font la faute de répliquer. Quand on
s'aperçoit, au ralentissement de leur feu, qu'ils
n'ont plus ni balles ni poudre, on donne l'assaut.
Enjolras n'était pas tombé dans ce piége; la barricade ne ripostait point.

A chaque feu de peloton, Gavroche se gonflait
la joue avec la langue, signe de haut dédain.

— C'est bon, disait-il, déchirez de la toile.
Nous avons besoin de charpie.

Courfeyrac interpellait la mitraille sur son peu
d'effet et disait au canon :

— Tu deviens diffus, mon bonhomme.

Dans la bataille on s'intrigue comme au bal. Il
est probable que ce silence de la redoute commençait à inquiéter les assiégeants et à leur faire craindre quelque incident inattendu, et qu'ils sentirent
le besoin de voir clair à travers ce tas de pavés et
de savoir ce qui se passait derrière cette muraille
impassible qui recevait les coups sans y répondre.
Les insurgés aperçurent subitement un casque qui
brillait au soleil sur un toit voisin. Un pompier
était adossé à une haute cheminée et semblait là

en sentinelle. Son regard plongeait à pic dans la barricade.

— Voilà un surveillant gênant, dit Enjolras.

Jean Valjean avait rendu la carabine d'Enjolras, mais il avait son fusil.

Sans dire un mot, il ajusta le pompier, et, une seconde après, le casque, frappé d'une balle, tombait bruyamment dans la rue. Le soldat effaré se hâta de disparaître.

Un deuxième observateur prit sa place. Celui-ci était un officier. Jean Valjean, qui avait rechargé son fusil, ajusta le nouveau venu, et envoya le casque de l'officier rejoindre le casque du soldat. L'officier n'insista pas, et se retira très-vite. Cette fois l'avis fut compris. Personne ne reparut sur le toit; et l'on renonça à espionner la barricade.

— Pourquoi n'avez-vous pas tué l'homme? demanda Bossuet à Jean Valjean.

Jean Valjean ne répondit pas.

XII

LE DÉSORDRE PARTISAN DE L'ORDRE

Bossuet murmura à l'oreille de Combeferre :

— Il n'a pas répondu à ma question.

— C'est un homme qui fait de la bonté à coups de fusil, dit Combeferre.

Ceux qui ont gardé quelque souvenir de cette époque déjà lointaine savent que la garde nationale de la banlieue était vaillante contre les insurrections. Elle fut particulièrement acharnée et

intrépide aux journées de juin 1832. Tel bon ca-
baretier de Pantin, des Vertus ou de la Cunette,
dont l'émeute faisait chômer « l'établissement, »
devenait léonin en voyant sa salle de danse déserte,
et se faisait tuer pour sauver l'ordre représenté
par la guinguette. Dans ce temps à la fois bourgeois et héroïque, en présence des idées qui avaient
leurs chevaliers, les intérêts avaient leurs paladins.
Le prosaïsme du mobile n'ôtait rien à la bravoure
du mouvement. La décroissance d'une pile d'écus
faisait chanter à des banquiers la Marseillaise. On
versait lyriquement son sang pour le comptoir; et
l'on défendait avec un enthousiasme lacédémonien
la boutique, cet immense diminutif de la patrie.

Au fond, disons-le, il n'y avait rien dans tout
cela que de très-sérieux. C'étaient les éléments
sociaux qui entraient en lutte, en attendant le jour
où ils entreront en équilibre.

Un autre signe de ce temps, c'était l'anarchie
mêlée au gouvernementalisme (nom barbare du
parti correct). On était pour l'ordre avec indisci-
pline. Le tambour battait inopinément, sur le commandement de tel colonel de la garde nationale,
des rappels de caprice; tel capitaine allait au feu

par inspiration; tel garde national se battait « d'i-
dée, » et pour son propre compte. Dans les minutes
de crise, dans les « journées, » on prenait conseil
moins de ses chefs que de ses instincts. Il y avait
dans l'armée de l'ordre de véritables guérilleros,
les uns d'épée comme Fannicot, les autres de
plume comme Henri Fonfrède.

La civilisation, malheureusement représentée à
cette époque plutôt par une agrégation d'intérêts
que par un groupe de principes, était ou se croyait
en péril; elle poussait le cri d'alarme; chacun, se
faisant centre, la défendait, la secourait et la pro-
tégeait, à sa tête; et le premier venu prenait sur
lui de sauver la société.

Le zèle parfois allait jusqu'à l'extermination. Tel
peloton de gardes nationaux se constituait de son
autorité privée conseil de guerre, et jugeait et exé-
cutait en cinq minutes un insurgé prisonnier. C'est
une improvisation de cette sorte qui avait tué Jean
Prouvaire. Féroce loi de Lynch, qu'aucun parti n'a
le droit de reprocher aux autres, car elle est appli-
quée par la république en Amérique comme par la
monarchie en Europe. Cette loi de Lynch se compliquait de méprises. Un jour d'émeute, un jeune

poëte, nommé Paul-Aimé Garnier, fut poursuivi
place Royale, la baïonnette aux reins, et n'échappa
qu'en se réfugiant sous la porte cochère du numéro 6. On criait : — *En voilà encore un de ces
Saint-Simoniens !* et l'on voulait le tuer. Or, il avait
sous le bras un volume des mémoires du duc de
Saint-Simon. Un garde national avait lu sur ce livre
le mot : *Saint-Simon*, et avait crié : A mort !

Le 6 juin 1832, une compagnie de gardes nationaux de la banlieue, commandée par le capitaine Fannicot, nommé plus haut, se fit, par fan-
taisie et bon plaisir, décimer rue de la Chanvrerie.
Le fait, si singulier qu'il soit, a été constaté par
l'instruction judiciaire ouverte à la suite de l'insurrection de 1832. Le capitaine Fannicot, bourgeois
impatient et hardi, espèce de condottiere de l'ordre
de ceux que nous venons de caractériser, gouver-
nementaliste fanatique et insoumis, ne put résister
à l'attrait de faire feu avant l'heure et à l'ambition
de prendre la barricade à lui tout seul, c'est-à-dire
avec sa compagnie. Exaspéré par l'apparition suc-
cessive du drapeau rouge et du vieil habit qu'il prit
pour le drapeau noir, il blâmait tout haut les généraux et les chefs de corps, lesquels tenaient con-

seil, ne jugeaient pas que le moment de l'assaut
décisif fût venu, et laissaient, suivant une expression célèbre de l'un d'eux, « l'insurrection cuire
dans son jus. » Quant à lui, il trouvait la barricade
mûre, et, comme ce qui est mûr doit tomber, il
essaya.

Il commandait à des hommes résolus comme
lui, « à des enragés, » a dit un témoin. Sa compagnie, celle-là même qui avait fusillé le poëte
Jean Prouvaire, était la première du bataillon
posté à l'angle de la rue. Au moment où l'on s'y
attendait le moins, le capitaine lança ses hommes
contre la barricade. Ce mouvement, exécuté avec
plus de bonne volonté que de stratégie, coûta
cher à la compagnie Fannicot. Avant qu'elle fût
arrivée aux deux tiers de la rue, une décharge
générale de la barricade l'accueillit. Quatre, les
plus audacieux, qui couraient en tête, furent fou-
droyés à bout portant au pied même de la redoute,
et cette courageuse cohue de gardes nationaux,
gens très-braves, mais qui n'avaient point la téna-
cité militaire, dut se replier, après quelque hésitation, en laissant quinze cadavres sur le pavé.
L'instant d'hésitation donna aux insurgés le temps

de recharger leurs armes, et une seconde décharge, très-meurtrière, atteignit la compagnie
avant qu'elle eût pu regagner l'angle de la rue,
son abri. Un moment, elle fut prise entre deux
mitrailles, et elle reçut la volée de la pièce en batterie qui, n'ayant pas d'ordre, n'avait pas discon-
tinué son feu. L'intrépide et imprudent Fannicot
fut un des morts de cette mitraille. Il fut tué par le
canon, c'est-à-dire par l'ordre.

Cette attaque, plus furieuse que sérieuse, irrita
Enjolras. — Les imbéciles! dit-il. Ils font tuer
leurs hommes et ils nous usent nos munitions,
pour rien.

Enjolras parlait comme un vrai général d'émeute
qu'il était. L'insurrection et la répression ne luttent point à armes égales. L'insurrection, promp-
tement épuisable, n'a qu'un nombre de coups à
tirer et qu'un nombre de combattants à dépenser.
Une giberne vidée, un homme tué, ne se rempla-
cent pas. La répression, ayant l'armée, ne compte
pas les hommes, et, ayant Vincennes, ne compte
pas les coups. La répression a autant de régiments
que la barricade a d'hommes, et autant d'arsenaux
que la barricade a de cartouchières. Aussi sont-ce

là des luttes d'un contre cent, qui finissent toujours
par l'écrasement des barricades ; à moins que la
révolution, surgissant brusquement, ne vienne
jeter dans la balance son flamboyant glaive d'ar-
change. Cela arrive. Alors tout se lève, les pavés
entrent en bouillonnement, les redoutes populaires
pullulent, Paris tressaille souverainement, le *quid
divinum* se dégage, un 10 août est dans l'air, un
29 juillet est dans l'air, une prodigieuse lumière
apparaît, la gueule béante de la force recule, et
l'armée, ce lion, voit devant elle, debout et tranquille, ce prophète, la France.

XIII

LUEURS QUI PASSENT

Dans le chaos de sentiments et de passions qui défendent une barricade, il y a de tout; il y a de la bravoure, de la jeunesse, du point d'honneur, de l'enthousiasme, de l'idéal, de la conviction, de l'acharnement de joueur, et surtout, des intermittences d'espoir.

Une de ces intermittences, un de ces vagues frémissements d'espérance traversa subitement, à

l'instant le plus inattendu, la barricade de la Chanvrerie.

— Écoutez, s'écria brusquement Enjolras toujours aux aguets, il me semble que Paris s'é-
veille.

Il est certain que, dans la matinée du 6 juin,
l'insurrection eut, pendant une heure ou deux, une
certaine recrudescence. L'obstination du tocsin de
Saint-Merry ranima quelques velléités. Rue du
Poirier, rue des Gravilliers, des barricades s'ébau-
chèrent. Devant la porte Saint-Martin, un jeune
homme, armé d'une carabine, attaqua seul un escadron de cavalerie. A découvert, en plein boulevard, il mit un genou en terre, épaula son arme,
tira, tua le chef d'escadron, et se retourna en disant : *En voilà encore un qui ne nous fera plus de
mal.* Il fut sabré. Rue Saint-Denis, une femme tirait sur la garde municipale de derrière une jalousie baissée. On voyait à chaque coup trembler les
feuilles de la jalousie. Un enfant de quatorze ans
fut arrêté rue de la Cossonnerie avec ses poches
pleines de cartouches. Plusieurs postes furent attaqués. A l'entrée de la rue Bertin-Poirée, une fusillade très-vive et tout à fait imprévue accueillit

un régiment de cuirassiers, en tête duquel marchait
le général Cavaignac de Baragne. Rue Planche-
Mibray, on jeta du haut des toits sur la troupe de
vieux tessons de vaisselle et des ustensiles de ménage; mauvais signe; et quand on rendit compte
de ce fait au maréchal Soult, le vieux lieutenant de
Napoléon devint rêveur, se rappelant le mot de
Suchet à Sarragosse : *Nous sommes perdus quand
les vieilles femmes nous vident leur pot de chambre
sur la tête.*

Ces symptômes généraux qui se manifestaient
au moment où l'on croyait l'émeute localisée, cette
fièvre de colère qui reprenait le dessus, ces flamm-
mèches qui volaient çà et là au-dessus de ces
masses profondes de combustible qu'on nomme les
faubourgs de Paris, tout cet ensemble inquiéta les
chefs militaires. On se hâta d'éteindre ces com-
mencements d'incendie. On retarda, jusqu'à ce
que ces pétillements fussent étouffés, l'attaque
des barricades Maubuée, de la Chanvrerie et de
Saint-Merry, afin de n'avoir plus affaire qu'à elles,
et de pouvoir tout finir d'un coup. Des colonnes
furent lancées dans les rues en fermentation, ba-
layant les grandes, sondant les petites, à droite, à

gauche, tantôt avec précaution et lentement, tantôt au pas de charge. La troupe enfonçait les portes des maisons d'où l'on avait tiré; en même temps des manœuvres de cavalerie dispersaient les groupes des boulevards. Cette répression ne se fit pas sans rumeur et sans ce fracas tumultueux propre aux chocs d'armée et de peuple. C'était là ce qu'Enjolras, dans les intervalles de la canonnade et de la mousqueterie, saisissait. En outre, il avait vu au bout de la rue passer des blessés sur des civières, et il disait à Courfeyrac : — Ces blessés-là ne viennent pas de chez nous.

L'espoir dura peu; la lueur s'éclipsa vite. En moins d'une demi-heure, ce qui était dans l'air s'évanouit, ce fut comme un éclair sans foudre, et les insurgés sentirent retomber sur eux cette espèce de chape de plomb que l'indifférence du peuple jette sur les obstinés abandonnés.

Le mouvement général qui semblait s'être vaguement dessiné avait avorté; et l'attention du ministre de la guerre et la stratégie des généraux pouvaient se concentrer maintenant sur les trois ou quatre barricades restées debout.

Le soleil montait sur l'horizon.

Un insurgé interpella Enjolras :

— On a faim ici. Est-ce que vraiment nous allons mourir comme ça sans manger ?

Enjolras , toujours accoudé à son créneau , sans quitter des yeux l'extrémité de la rue, fit un signe de tête affirmatif.

·

XIV

·

Courfeyrac, assis sur un pavé à côté d'Enjolras, continuait d'insulter le canon, et chaque fois que passait, avec son bruit monstrueux, cette sombre nuée de projectiles qu'on appelle la mitraille, il l'accueillait par une bouffée d'ironie.

— Tu t'époumonnes, mon pauvre vieux brutal, tu me fais de la peine, tu perds ton vacarme. Ce n'est pas du tonnerre, ça, c'est de la toux.

Et l'on riait autour de lui.

Courfeyrac et Bossuet, dont la vaillante belle humeur croissait avec le péril, remplaçaient, comme madame Scarron, la nourriture par la plaisanterie, et, puisque le vin manquait, versaient à tous de la gaieté.

— J'admire Enjolras, disait Bossuet. Sa témérité impassible m'émerveille. Il vit seul, ce qui le rend peut-être un peu triste; Enjolras se plaint de sa grandeur qui l'attache au veuvage. Nous autres, nous avons tous plus ou moins des maîtresses qui nous rendent fous, c'est-à-dire braves. Quand on est amoureux comme un tigre, c'est bien le moins qu'on se batte comme un lion. C'est une façon de nous venger des traits que nous font mesdames nos grisettes. Roland se fait tuer pour faire bisquer Angélique; tous nos héroïsmes viennent de nos femmes. Un homme sans femme, c'est un pistolet sans chien; c'est la femme qui fait partir l'homme. Eh bien, Enjolras n'a pas de femme. Il n'est pas amoureux, et il trouve le moyen d'être intrépide. C'est une chose inouïe qu'on puisse être froid comme la glace et hardi comme le feu.

Enjolras ne paraissait pas écouter, mais quelqu'un qui eût été près de lui l'eût entendu murmurer à demi-voix : *Patria.*

Bossuet riait encore quand Courfeyrac s'écria :

— Du nouveau!

Et, prenant une voix d'huissier qui annonce, il ajouta :

— Je m'appelle Pièce de Huit.

En effet, un nouveau personnage venait d'entrer en scène. C'était une deuxième bouche à feu.

Les artilleurs firent rapidement la manœuvre de force, et mirent cette seconde pièce en batterie près de la première.

Ceci ébauchait le dénoûment.

Quelques-instants après, les deux pièces, vivement servies, tiraient de front contre la redoute; les feux de peloton de la ligne et de la banlieue soutenaient l'artillerie.

On entendait une autre canonnade à quelque distance. En même temps que deux pièces s'acharnaient sur la redoute de la rue de la Chanvrerie, deux autres bouches à feu, braquées, l'une rue Saint-Denis, l'autre rue Aubry-le-Boucher, criblaient la barricade Saint-Merry. Les quatre canons se faisaient lugubrement écho.

Les aboiements des sombres chiens de la guerre se répondaient.

Des deux pièces qui battaient maintenant la barricade de la rue de la Chanvrerie, l'une tirait à mitraille, l'autre à boulet.

La pièce qui tirait à boulet était pointée un peu haut et le tir était calculé de façon que le boulet frappait le bord extrême de l'arête supérieure de la barricade, l'écrêtait, et émiettait les pavés sur les insurgés en éclats de mitraille.

Ce procédé de tir avait pour but d'écarter les combattants du sommet de la redoute, et de les contraindre à se pelotonner dans l'intérieur, c'est-à-dire que cela annonçait l'assaut.

Une fois les combattants chassés du haut de la barricade par le boulet et des fenêtres du cabaret par la mitraille, les colonnes d'attaque pourraient s'aventurer dans la rue sans être visées, peut-être même sans être aperçues, escalader brusquement la redoute, comme la veille au soir, et, qui sait ? la prendre par surprise.

— Il faut absolument diminuer l'incommodité de ces pièces, dit Enjolras, et il cria : feu sur les artilleurs !

Tous étaient prêts. La barricade, qui se taisait depuis longtemps, fit feu éperdument ; sept ou huit décharges se succédèrent avec une sorte de rage et de joie ; la rue s'emplit d'une fumée aveuglante, et, au bout de quelques minutes, à travers cette brume toute rayée de flamme, on put distinguer confusément les deux tiers des artilleurs couchés sous les roues des canons. Ceux qui étaient restés debout continuaient de servir les pièces avec une tranquillité sévère, mais le feu était ralenti.

— Voilà qui va bien, dit Bossuet à Enjolras. Succès.

Enjolras hocha la tête et répondit :

— Encore un quart d'heure de ce succès, et il n'y aura plus dix cartouches dans la barricade.

Il paraît que Gavroche entendit ce mot.

XV

GAVROCHE DEHORS

Courfeyrac tout à coup aperçut quelqu'un au bas de la barricade, dehors dans la rue, sous les balles.

Gavroche avait pris un panier à bouteilles dans le cabaret, était sorti par la coupure, et était paisiblement occupé à vider dans son panier les gibernes pleines de cartouches des gardes nationaux tués sur le talus de la redoute.

— Qu'est-ce que tu fais là ? dit Courfeyrac.

Gavroche leva le nez :

— Citoyen, j'emplis mon panier.

— Tu ne vois donc pas la mitraille ?

Gavroche répondit :

— Eh bien, il pleut. Après?

Courfeyrac cria :

— Rentre !

— Tout à l'heure, fit Gavroche.

Et, d'un bond, il s'enfonça dans la rue.

On se souvient que la compagnie Fannicot, en se retirant, avait laissé derrière elle une traînée de cadavres.

Une vingtaine de morts gisaient çà et là dans toute la longueur de la rue sur le pavé. Une vingtaine de gibernes pour Gavroche, une provision de cartouches pour la barricade.

La fumée était dans la rue comme un brouillard. Quiconque a vu un nuage tombé dans une gorge de montagnes entre deux escarpements à pic, peut se figurer cette fumée resserrée et comme épaissie par deux sombres lignes de hautes maisons. Elle montait lentement et se renouvelait sans cesse ; de là un obscurcissement graduel qui blêmissait même le plein jour. C'est à peine si d'un bout à l'autre de la rue, pourtant fort courte, les combattants s'apercevaient.

Cet obscurcissement, probablement voulu et calculé par les chefs qui devaient diriger l'assaut de la barricade, fut utile à Gavroche.

Sous les plis de ce voile de fumée et grâce à sa petitesse, il put s'avancer assez loin dans la rue sans être vu. Il dévalisa les sept ou huit premières gibernes sans grand danger.

Il rampait à plat ventre, galopait à quatre pattes, prenait son panier aux dents, se tordait, glissait, ondulait, serpentait d'un mort à l'autre, et vidait la giberne ou la cartouchière comme un singe ouvre une noix.

De la barricade, dont il était encore assez près, on n'osait lui crier de revenir, de peur d'appeler l'attention sur lui.

Sur un cadavre, qui était un caporal, il trouva une poire à poudre.

— Pour la soif, dit-il, en la mettant dans sa poche.

A force d'aller en avant, il parvint au point où le brouillard de la fusillade devenait transparent.

Si bien que les tirailleurs de la ligne rangés et

à l'affût derrière leur levée de pavés, et les tirailleurs de la banlieue massés à l'angle de la rue, se
montrèrent soudainement quelque chose qui remuait dans la fumée.

Au moment où Gavroche débarrassait de ses
cartouches un sergent gisant près d'une borne, une
balle frappa le cadavre.

— Fichtre! fit Gavroche. Voilà qu'on me tue
mes morts.

Une deuxième balle fit étinceler le pavé à côté
de lui. Une troisième renversa son panier.

Gavroche regarda, et vit que cela venait de la
banlieue.

Il se dressa tout droit, debout, les cheveux au
vent, les mains sur les hanches, l'œil fixé sur les
gardes nationaux qui tiraient, et il chanta :

> On est laid à Nanterre,
> C'est la faute à Voltaire,
> Et bête à Palaiseau,
> C'est la faute à Rousseau.

Puis il ramassa son panier, y remit, sans en
perdre une seule, les cartouches qui en étaient
tombées, et, avançant vers la fusillade, alla dé-

pouiller une autre giberne. Là une quatrième balle le manqua encore. Gavroche chanta :

> Je ne suis pas notaire,
> C'est la faute à Voltaire;
> Je suis petit oiseau,
> C'est la faute à Rousseau.

Une cinquième balle ne réussit qu'à tirer de lui un troisième couplet :

> Joie est mon caractère,
> C'est la faute à Voltaire;
> Misère est mon trousseau,
> C'est la faute à Rousseau.

Cela continua ainsi quelque temps.

Le spectacle était épouvantable et charmant. Gavroche, fusillé, taquinait la fusillade. Il avait l'air de s'amuser beaucoup. C'était le moineau becquetant les chasseurs. Il répondait à chaque décharge par un couplet. On le visait sans cesse, on le manquait toujours. Les gardes nationaux et les soldats riaient en l'ajustant. Il se couchait, puis se redressait, s'effaçait dans un coin de porte, puis bondissait, disparaissait, reparaissait, se sauvait, revenait, ripostait à la mitraille par des pieds de nez, et cependant pillait les cartouches, vidait les

gibernes et remplissait son panier. Les insurgés,
haletants d'anxiété, le suivaient des yeux. La barricade tremblait; lui, il chantait. Ce n'était pas un
enfant, ce n'était pas un homme; c'était un étrange
gamin fée. On eût dit le nain invulnérable de la
mêlée. Les balles couraient après lui, il était plus
leste qu'elles. Il jouait on ne sait quel effrayant
jeu de cache-cache avec la mort; chaque fois que
la face camarde du spectre s'approchait, le gamin
lui donnait une pichenette.

Une balle pourtant, mieux ajustée ou plus traître
que les autres, finit par atteindre l'enfant feu follet.
On vit Gavroche chanceler, puis il s'affaissa. Toute
la barricade poussa un cri; mais il y avait de l'An-
tée dans ce pygmée; pour le gamin toucher le pavé,
c'est comme pour le géant toucher la terre; Gavroche n'était tombé que pour se redresser; il resta
assis sur son séant, un long filet de sang rayait son
visage, il éleva ses deux bras en l'air, regarda du
côté d'où était venu le coup, et se mit à chanter:

> Je suis tombé par terre,
> C'est la faute à Voltaire,
> Le nez dans le ruisseau,
> C'est la faute à....

Il n'acheva point. Une seconde balle du même tireur l'arrêta court. Cette fois il s'abattit la face contre le pavé, et ne remua plus. Cette petite grande âme venait de s'envoler.

XVI

COMMENT DE FRÈRE ON DEVIENT PÈRE

Il y avait en ce moment-là même dans le jardin du Luxembourg, — car le regard du drame doit être présent partout, — deux enfants qui se tenaient par la main. L'un pouvait avoir sept ans, l'autre cinq. La pluie les ayant mouillés, ils marchaient dans les allées du côté du soleil ; l'aîné conduisait le petit ; ils étaient en haillons et pâles ; ils avaient un air d'oiseaux fauves. Le plus petit disait : J'ai bien faim.

L'aîné, déjà un peu protecteur, conduisait son frère de la main gauche et avait une baguette dans sa main droite.

Ils étaient seuls dans le jardin. Le jardin était désert, les grilles étant fermées par mesure de police à cause de l'insurrection. Les troupes qui y avaient bivouaqué en étaient sorties pour les besoins du combat.

Comment ces enfants étaient-ils là? Peut-être s'étaient-ils évadés de quelque corps de garde entre-bâillé; peut-être aux environs, à la barrière d'Enfer, ou sur l'esplanade de l'Observatoire, ou dans le carrefour voisin dominé par le fronton où on lit : *invenerunt parvulum pannis involutum,* y avait-il quelque baraque de saltimbanques dont ils s'étaient enfuis; peut-être avaient-ils, la veille au soir, trompé l'œil des inspecteurs du jardin à l'heure de la clôture, et avaient-ils passé la nuit dans quelqu'une de ces guérites où on lit les journaux? Le fait est qu'ils étaient errants et qu'ils semblaient libres. Être errant et sembler libre, c'est être perdu. Ces pauvres petits étaient perdus en effet.

Ces deux enfants étaient ceux-là mêmes dont Gavroche avait été en peine, et que le lecteur se rap-

pelle. Enfants des Thénardier, en location chez la
Magnon, attribués à M. Gillenormand, et maintenant feuilles tombées de toutes ces branches sans
racines, et roulées sur la terre par le vent.

Leurs vêtements, propres du temps de la Magnon et qui lui servaient de prospectus vis-à-vis de
M. Gillenormand, étaient devenus guenilles.

Ces êtres appartenaient désormais à la statistique des « Enfants Abandonnés » que la police
constate, ramasse, égare et retrouve sur le pavé
de Paris.

Il fallait le trouble d'un tel jour pour que ces
petits misérables fussent dans ce jardin. Si les sur-
veillants les eussent aperçus, ils eussent chassé ces
haillons. Les petits pauvres n'entrent pas dans les
jardins publics; pourtant on devrait songer que,
comme enfants, ils ont droit aux fleurs.

Ceux-ci étaient là, grâce aux grilles fermées. Ils
étaient en contravention. Ils s'étaient glissés dans
le jardin, et ils y étaient restés. Les grilles fermées
ne donnent pas congé aux inspecteurs, la surveillance est censée continuer, mais elle s'amollit et se
repose ; et les inspecteurs, émus eux aussi par
l'anxiété publique et plus occupés du dehors que

du dedans, ne regardaient plus le jardin, et n'a-
vaient pas vu les deux délinquants.

Il avait plu la veille, et même un peu le matin.
Mais en juin les ondées ne comptent pas. C'est à
peine si l'on s'aperçoit, une heure après un orage,
que cette belle journée blonde a pleuré. La terre
en été est aussi vite sèche que la joue d'un
enfant.

A cet instant du solstice, la lumière du plein
midi est, pour ainsi dire, poignante. Elle prend
tout. Elle s'applique et se superpose à la terre avec
une sorte de succion. On dirait que le soleil a soif.
Une averse est un verre d'eau; une pluie est tout
de suite bue. Le matin tout ruisselait, l'après-midi
tout poudroie.

Rien n'est admirable comme une verdure débar-
bouillée par la pluie et essuyée par le rayon; c'est
de la fraîcheur chaude. Les jardins et les prai-
ries, ayant de l'eau dans leurs racines et du soleil
dans leurs fleurs, deviennent des cassolettes d'en-
cens et fument de tous leurs parfums à la fois.
Tout rit, chante et s'offre. On se sent doucement
ivre. Le printemps est un paradis provisoire; le
soleil aide à faire patienter l'homme.

Il y a des êtres qui n'en demandent pas davan-
tage ; vivants qui, ayant l'azur du ciel, disent :
c'est assez ! songeurs absorbés dans le prodige,
puisant dans l'idolâtrie de la nature l'indifférence
du bien et du mal, contemplateurs du cosmos ra-
dieusement distraits de l'homme, qui ne comprennent pas qu'on s'occupe de la faim de ceux-ci, de
la soif de ceux-là, de la nudité du pauvre en hiver,
de la courbure lymphatique d'une petite épine dor-
sale, du grabat, du grenier, du cachot, et des
haillons des jeunes filles grelottantes, quand on
peut rêver sous les arbres ; esprits paisibles et terribles, impitoyablement satisfaits. Chose étrange,
l'infini leur suffit. Ce grand besoin de l'homme, le
fini, qui admet l'embrassement, ils l'ignorent. Le
fini, qui admet le progrès, le travail sublime, ils
n'y songent pas. L'indéfini, qui naît de la combi-
naison humaine et divine de l'infini et du fini, leur
échappe. Pourvu qu'ils soient face à face avec l'immensité, ils sourient. Jamais la joie, toujours l'extase. S'abîmer, voilà leur vie. L'histoire de l'humanité pour eux n'est qu'un plan parcellaire ;
Tout n'y est pas ; le vrai Tout reste en dehors ; à
quoi bon s'occuper de ce détail, l'homme ? L'homme

souffre, c'est possible ; mais regardez donc Alde-
baran qui se lève! La mère n'a plus de lait, le
nouveau-né se meurt, je n'en sais rien, mais con-
sidérez donc cette rosace merveilleuse que fait une
rondelle de l'aubier du sapin examinée au microscope! comparez-moi la plus belle maline à cela!
Ces penseurs oublient d'aimer. Le zodiaque réussit
sur eux au point de les empêcher de voir l'enfant
qui pleure. Dieu leur éclipse l'âme. C'est là une
famille d'esprits, à la fois petits et grands. Horace
en était, Gœthe en était, La Fontaine peut-être ;
magnifiques égoïstes de l'infini, spectateurs tran-
quilles de la douleur, qui ne voient pas Néron s'il
fait beau, auxquels le soleil cache le bûcher, qui
regarderaient guillotiner en y cherchant un effet de
lumière, qui n'entendent ni le cri, ni le sanglot, ni
le râle, ni le tocsin, pour qui tout est bien, puisqu'il y a le mois de mai, qui, tant qu'il y aura des
nuages de pourpre et d'or au-dessus de leur tête, se
déclarent contents, et qui sont déterminés à être
heureux jusqu'à épuisement du rayonnement des
astres et du chant des oiseaux.

Ce sont de radieux ténébreux. Ils ne se doutent
pas qu'ils sont à plaindre. Certes ils le sont. Qui ne

pleure pas ne voit pas. Il faut les admirer et les plaindre, comme on plaindrait et comme on admirerait un être à la fois nuit et jour qui n'aurait pas d'yeux sous les sourcils et qui aurait un astre au milieu du front.

L'indifférence de ces penseurs, c'est là, selon quelques-uns, une philosophie supérieure. Soit; mais dans cette supériorité il y a de l'infirmité. On peut être immortel et boiteux; témoin Vulcain. On peut être plus qu'homme et moins qu'homme. L'incomplet immense est dans la nature. Qui sait si le soleil n'est pas un aveugle?

Mais alors, quoi! à qui se fier? *Solem quis dicere falsum audeat?* Ainsi de certains génies eux-mêmes, de certains Très-Hauts humains, des hommes astres, pourraient se tromper? Ce qui est là-haut, au faîte, au sommet, au zénith, ce qui envoie sur la terre tant de clarté, verrait peu, verrait mal, ne verrait pas? Cela n'est-il pas désespérant? Non. Mais qu'y a-t-il donc au-dessus du soleil? Le dieu.

Le 6 juin 1832, vers onze heures du matin, le Luxembourg, solitaire et dépeuplé, était charmant. Les quinconces et les parterres s'envoyaient dans

la lumière des baumes et des éblouissements. Les
branches, folles à la clarté de midi, semblaient
chercher à s'embrasser. Il y avait dans les syco-
mores un tintamarre de fauvettes, les passereaux
triomphaient, les pique-bois grimpaient le long
des marronniers en donnant de petits coups de
bec dans les trous de l'écorce. Les plates-bandes
acceptaient la royauté légitime des lys; le plus
auguste des parfums, c'est celui qui sort de la
blancheur. On respirait l'odeur poivrée des œillets.
Les vieilles corneilles de Marie de Médicis étaient
amoureuses dans les grands arbres. Le soleil dorait, empourprait et allumait les tulipes, qui ne
sont autre chose que toutes les variétés de la
flamme, faites fleurs. Tout autour des bancs de
tulipes tourbillonnaient les abeilles, étincelles
de ces fleurs flammes. Tout était grâce et gaieté,
même la pluie prochaine; cette récidive, dont les
muguets et les chèvrefeuilles devaient profiter, n'a-
vait rien d'inquiétant; les hirondelles faisaient la
charmante menace de voler bas. Qui était là aspi-
rait du bonheur; la vie sentait bon; toute cette
nature exhalait la candeur, le secours, l'assistance,
la paternité, la caresse, l'aurore. Les pensées qui

tombaient du ciel étaient douces comme une petite
main d'enfant qu'on baise.

Les statues sous les arbres, nues et blanches,
avaient des robes d'ombre trouées de lumière ; ces
déesses étaient toutes déguenillées de soleil ; il leur
pendait des rayons de tous les côtés. Autour du
grand bassin, la terre était déjà séchée au point
d'être brûlée. Il faisait assez de vent pour soulever
çà et là de petites émeutes de poussière. Quelques feuilles jaunes, restées du dernier automne,
se poursuivaient joyeusement, et semblaient ga-
miner.

L'abondance de la clarté avait on ne sait quoi
de rassurant. Vie, séve, chaleur, effluves, débor-
daient ; on sentait sous la création l'énormité de la
source ; dans tous ces souffles pénétrés d'amour,
dans ce va-et-vient de réverbérations et de reflets,
dans cette prodigieuse dépense de rayons, dans ce
versement indéfini d'or fluide, on sentait la prodigalité de l'inépuisable ; et, derrière cette splendeur
comme derrière un rideau de flamme, on entrevoyait Dieu, ce millionnaire d'étoiles.

Grâce au sable, il n'y avait pas une tache de
boue ; grâce à la pluie, il n'y avait pas un grain

de cendre. Les bouquets venaient de se laver ;
tous les velours, tous les satins, tous les vernis,
tous les ors, qui sortent de la terre sous forme de
fleurs, étaient irréprochables. Cette magnificence
était propre. Le grand silence de la nature heureuse emplissait le jardin. Silence céleste compa-
tible avec mille musiques, roucoulements de nids,
bourdonnements d'essaims, palpitations du vent.
Toute l'harmonie de la saison s'accomplissait dans
un gracieux ensemble ; les entrées et les sorties du
printemps avaient lieu dans l'ordre voulu ; les lilas
finissaient, les jasmins commençaient ; quelques
fleurs étaient attardées, quelques insectes en
avance ; l'avant-garde des papillons rouges de juin
fraternisait avec l'arrière-garde des papillons blancs
de mai. Les platanes faisaient peau neuve. La
brise creusait des ondulations dans l'énormité magnifique des marronniers. C'était splendide. Un
vétéran de la caserne voisine qui regardait à travers la grille disait : Voilà le printemps au port
d'armes et en grande tenue.

Toute la nature déjeunait ; la création était à
table ; c'était l'heure ; la grande nappe bleue était
mise au ciel et la grande nappe verte sur la terre ;

le soleil éclairait à giorno. Dieu servait le repas
universel. Chaque être avait sa pâture ou sa pâtée.
Le ramier trouvait du chènevis, le pinson trouvait
du millet, le chardonneret trouvait du mouron, le
rouge-gorge trouvait des vers, l'abeille trouvait des
fleurs, la mouche trouvait des infusoires, le ver-
dier trouvait des mouches. On se mangeait bien
un peu les uns les autres, ce qui est le mystère du
mal mêlé au bien ; mais pas une bête n'avait l'estomac vide.

Les deux petits abandonnés étaient parvenus près
du grand bassin, et, un peu troublés par toute cette
lumière, ils tâchaient de se cacher, instinct du
pauvre et du faible devant la magnificence, même
impersonnelle ; et ils se tenaient derrière la baraque
des cygnes.

Çà et là, par intervalles, quand le vent donnait,
on entendait confusément des cris, une rumeur, des
espèces de râles tumultueux, qui étaient des fusil-
lades, et des frappements sourds, qui étaient des
coups de canon. Il y avait de la fumée au-dessus
des toits du côté des halles. Une cloche, qui avait
l'air d'appeler, sonnait au loin.

Ces enfants ne semblaient pas percevoir ces

bruits. Le petit répétait de temps en temps à demi-voix : J'ai faim.

Presque au même instant que les deux enfants, un autre couple s'approchait du grand bassin. C'était un bonhomme de cinquante ans qui menait par la main un bonhomme de six ans. Sans doute le père avec son fils. Le bonhomme de six ans tenait une grosse brioche.

A cette époque, de certaines maisons riveraines, rue Madame et rue d'Enfer, avaient une clef du Luxembourg dont jouissaient les locataires quand les grilles étaient fermées, tolérance supprimée depuis. Ce père et ce fils sortaient sans doute d'une de ces maisons-là.

Les deux petits pauvres regardèrent venir « ce monsieur, » et se cachèrent un peu plus.

Celui-ci était un bourgeois. Le même peut-être qu'un jour Marius, à travers sa fièvre d'amour, avait entendu, près de ce même grand bassin, con-seillant à son fils « d'éviter les excès. » Il avait l'air affable et altier, et une bouche qui, ne se fermant pas, souriait toujours. Ce sourire mécanique, pro-duit par trop de mâchoire et trop peu de peau, montre les dents plutôt que l'âme. L'enfant, avec

sa brioche mordue qu'il n'achevait pas, semblait
gavé. L'enfant était vêtu en garde national à cause
de l'émeute, et le père était resté habillé en bourgeois à cause de la prudence.

Le père et le fils s'étaient arrêtés près du bassin
où s'ébattaient les deux cygnes. Ce bourgeois paraissait avoir pour les cygnes une admiration spéciale. Il leur ressemblait en ce sens qu'il marchait
comme eux.

Pour l'instant les cygnes nageaient, ce qui est
leur talent principal, et ils étaient superbes.

Si les deux petits pauvres eussent écouté, et
eussent été d'âge à comprendre, ils eussent pu
recueillir les paroles d'un homme grave. Le père
disait au fils :

— Le sage vit content de peu. Regarde-moi,
mon fils. Je n'aime pas le faste. Jamais on ne me
voit avec des habits chamarrés d'or et de pierreries ; je laisse ce faux éclat aux âmes mal organisées.

Ici les cris profonds qui venaient du côté des
halles éclatèrent avec un redoublement de cloche
et de rumeur.

— Qu'est-ce que c'est que cela ? demanda l'enfant.

Le père répondit :

— Ce sont des saturnales.

Tout à coup, il aperçut les deux petits déguenillés, immobiles derrière la maisonnette verte des
cygnes.

— Voilà le commencement, dit-il.

Et après un silence il ajouta :

— L'anarchie entre dans ce jardin.

Cependant le fils mordit la brioche, la recracha,
et brusquement se mit à pleurer.

— Pourquoi pleures-tu? demanda le père.

— Je n'ai plus faim, dit l'enfant.

Le sourire du père s'accentua.

— On n'a pas besoin de faim pour manger un
gâteau.

— Mon gâteau m'ennuie. Il est rassis.

— Tu n'en veux plus?

— Non.

Le père lui montra les cygnes.

— Jette-le à ces palmipèdes.

L'enfant hésita. On ne veut plus de son gâteau;
ce n'est pas une raison pour le donner.

Le père poursuivit :

— Sois humain. Il faut avoir pitié des animaux.

Et, prenant à son fils le gâteau, il le jeta dans le bassin.

Le gâteau tomba assez près du bord.

Les cygnes étaient loin, au centre du bassin, et occupés à quelque proie. Ils n'avaient vu ni le bourgeois, ni la brioche.

Le bourgeois, sentant que le gâteau risquait de se perdre, et ému de ce naufrage inutile, se livra à une agitation télégraphique qui finit par attirer l'attention des cygnes.

Ils aperçurent quelque chose qui surnageait, virèrent de bord comme des navires qu'ils sont, et se dirigèrent vers la brioche lentement, avec la majesté béate qui convient à des bêtes blanches.

— Les cygnes comprennent les signes, dit le bourgeois, heureux d'avoir de l'esprit.

En ce moment le tumulte lointain de la ville eut encore un grossissement subit. Cette fois ce fut sinistre. Il y a des bouffées de vent qui parlent plus distinctement que d'autres. Celle qui soufflait en cet instant-là apporta nettement des roulements de tambour, des clameurs, des feux de peloton, et les répliques lugubres du tocsin et du canon. Ceci

coïncida avec un nuage noir qui cacha brusquement le soleil.

Les cygnes n'étaient pas encore arrivés à la
brioche.

— Rentrons, dit le père, on attaque les Tuileries.

Il ressaisit la main de son fils. Puis il continua :

— Des Tuileries au Luxembourg, il n'y a que la
distance qui sépare la royauté de la pairie ; ce n'est
pas loin. Les coups de fusil vont pleuvoir.

Il regarda le nuage.

— Et peut-être aussi la pluie elle-même va
pleuvoir ; le ciel s'en mêle ; la branche cadette est
condamnée. Rentrons vite.

— Je voudrais voir les cygnes manger la brioche,
dit l'enfant.

Le père répondit :

— Ce serait une imprudence.

Et il emmena son petit bourgeois.

Le fils, regrettant les cygnes, tourna la tête vers
le bassin jusqu'à ce qu'un coude des quinconces le
lui eût caché.

Cependant, en même temps que les cygnes,
les deux petits errants s'étaient approchés de la

brioche. Elle flottait sur l'eau. Le plus petit regardait le gâteau, le plus grand regardait le bourgeois qui s'en allait.

Le père et le fils entrèrent dans le labyrinthe d'allées qui mène au grand escalier du massif d'arbres du côté de la rue Madame.

Dès qu'ils ne furent plus en vue, l'aîné se coucha vivement à plat ventre sur le rebord arrondi du bassin, et, s'y cramponnant de la main gauche, penché sur l'eau, presque prêt à y tomber, étendit avec sa main droite sa baguette vers le gâteau. Les cygnes, voyant l'ennemi, se hâtèrent et en se hâtant firent un effet de poitrail utile au petit pêcheur; l'eau devant les cygnes reflua, et l'une de ces molles ondulations concentriques poussa doucement la brioche vers la baguette de l'enfant. Comme les cygnes arrivaient, la baguette toucha le gâteau. L'enfant donna un coup vif, ramena la brioche, effraya les cygnes, saisit le gâteau, et se redressa. Le gâteau était mouillé; mais ils avaient faim et soif. L'aîné fit deux parts de la brioche, une grosse et une petite, prit la petite pour lui, donna la grosse à son petit frère, et lui dit :

— *Colle-toi ça dans le fusil.*

XVII

MORTUUS PATER FILIUM MORITURUM EXPECTAT

Marius s'était élancé hors de la barricade. Combeferre l'avait suivi. Mais il était trop tard. Gavroche était mort. Combeferre rapporta le panier de cartouches ; Marius rapporta l'enfant.

Hélas ! pensait-il, ce que le père avait fait pour son père, il le rendait au fils ; seulement Thénardier avait rapporté son père vivant ; lui, il rapportait l'enfant mort.

Quand Marius rentra dans la redoute avec Gavroche dans ses bras, il avait, comme l'enfant, le visage inondé de sang.

A l'instant où il s'était baissé pour ramasser Gavroche, une balle lui avait effleuré le crâne; il ne s'en était pas aperçu.

Courfeyrac défit sa cravate et en banda le front de Marius.

On déposa Gavroche sur la même table que Mabeuf, et l'on étendit sur les deux corps le châle noir. Il y en eut assez pour le vieillard et pour l'enfant.

Combeferre distribua les cartouches du panier qu'il avait rapportées.

Cela donnait à chaque homme quinze coups à tirer.

Jean Valjean était toujours à la même place, immobile sur sa borne. Quand Combeferre lui présenta ses quinze cartouches, il secoua la tête.

— Voilà un rare excentrique, dit Combeferre bas à Enjolras. Il trouve moyen de ne pas se battre dans cette barricade.

— Ce qui ne l'empêche pas de la défendre, répondit Enjolras.

— L'héroïsme a ses originaux, reprit Combeferre.

Et Courfeyrac, qui avait entendu, ajouta :

— C'est un autre genre que le père Mabeuf.

Chose qu'il faut noter, le feu qui battait la barricade en troublait à peine l'intérieur. Ceux qui n'ont
jamais traversé le tourbillon de ces sortes de guerre,
ne peuvent se faire aucune idée des singuliers moments de tranquillité mêlés à ces convulsions. On
va et vient, on cause, on plaisante, on flâne. Quelqu'un que nous connaissons a entendu un combattant lui dire au milieu de la mitraille : *Nous sommes ici comme à un déjeuner de garçons.* La redoute
de la rue de la Chanvrerie, nous le répétons, semblait au dedans fort calme. Toutes les péripéties et
toutes les phases avaient été ou allaient être épui-
sées. La position, de critique, était devenue menaçante, et, de menaçante, allait probablement
devenir désespérée. A mesure que la situation s'as-
sombrissait, la lueur héroïque empourprait de plus
en plus la barricade. Enjolras, grave, la dominait,
dans l'attitude d'un jeune spartiate dévouant son
glaive nu au sombre génie Épidotas.

Combeferre, le tablier sur le ventre, pansait les

blessés; Bossuet et Feuilly faisaient des cartouches
avec la poire à poudre cueillie par Gavroche sur le
caporal mort, et Bossuet disait à Feuilly : *Nous
allons bientôt prendre la diligence pour une autre
planète;* Courfeyrac, sur les quelques pavés qu'il
s'était réservés près d'Enjolras, disposait et ran-
geait tout un arsenal, sa canne à épée, son fusil,
deux pistolets d'arçon, et un coup de poing, avec
le soin d'une jeune fille qui met en ordre un petit
dunkerque. Jean Valjean, muet, regardait le mur
en face de lui. Un ouvrier s'assujettissait sur la tête
avec une ficelle un large chapeau de paille de
la mère Hucheloup, *de peur des coups de soleil,*
disait-il. Les jeunes gens de la Cougourde d'Aix
devisaient gaiement entre eux, comme s'ils avaient
hâte de parler patois une dernière fois. Joly, qui
avait décroché le miroir de la veuve Hucheloup, y
examinait sa langue. Quelques combattants, ayant
découvert des croûtes de pain, à peu près moisies,
dans un tiroir, les mangeaient avidement. Marius
était inquiet de ce que son père allait lui dire.

XVIII

LE VAUTOUR DEVENU PROIE

Insistons sur un fait psychologique propre aux barricades. Rien de ce qui caractérise cette surprenante guerre des rues ne doit être omis.

Quelle que soit cette étrange tranquillité intérieure dont nous venons de parler, la barricade, pour ceux qui sont dedans, n'en reste pas moins vision.

Il y a de l'apocalypse dans la guerre civile,

toutes les brumes de l'inconnu se mêlent à ces
flamboiements farouches, les révolutions sont
sphinx, et quiconque a traversé une barricade
croit avoir traversé un songe.

Ce qu'on ressent dans ces lieux-là, nous l'avons
indiqué à propos de Marius, et nous en verrons les
conséquences, c'est plus et c'est moins que de la
vie. Sorti d'une barricade, on ne sait plus ce qu'on
y a vu. On a été terrible, on l'ignore. On y a été
entouré d'idées combattantes qui avaient des faces
humaines; on a eu la tête dans de la lumière d'avenir. Il y avait des cadavres couchés et des fantômes
debout. Les heures étaient colossales et semblaient
des heures d'éternité. On a vécu dans la mort. Des
ombres ont passé. Qu'était-ce? On a vu des mains
où il y avait du sang; c'était un assourdissement
épouvantable, c'était aussi un affreux silence; il y
avait des bouches ouvertes qui criaient, et d'autres
bouches ouvertes qui se taisaient; on était dans de
la fumée, dans de la nuit peut-être. On croit avoir
touché au suintement sinistre des profondeurs in-
connues; on regarde quelque chose de rouge qu'on
a dans les ongles. On ne se souvient plus.

Revenons à la rue de la Chanvrerie.

Tout à coup, entre deux décharges, on entendit le son lointain d'une heure qui sonnait.

— C'est midi, dit Combeferre.

Les douze coups n'étaient pas sonnés qu'Enjolras se dressait tout debout, et jetait du haut de la barricade cette clameur tonnante :

— Montez des pavés dans la maison. Garnissez-en le rebord de la fenêtre et des mansardes. La moitié des hommes aux fusils, l'autre moitié aux pavés. Pas une minute à perdre.

Un peloton de sapeurs-pompiers, la hache à l'épaule, venait d'apparaître en ordre de bataille à l'extrémité de la rue.

Ceci ne pouvait être qu'une tête de colonne; et de quelle colonne? De la colonne d'attaque évidemment. Les sapeurs-pompiers chargés de démolir la barricade devant toujours précéder les soldats chargés de l'escalader.

On touchait évidemment à l'instant que M. de Clermont-Tonnerre, en 1822, appelait « le coup de collier. »

L'ordre d'Enjolras fut exécuté avec la hâte correcte propre aux navires et aux barricades, les deux seuls lieux de combat d'où l'évasion soit impossible. En moins d'une minute, les deux tiers des pavés qu'Enjolras avait fait entasser à la porte de Corinthe furent montés au premier étage et au grenier, et avant qu'une deuxième minute fût écoulée, ces pavés, artistement posés l'un sur l'autre, muraient jusqu'à moitié de la hauteur la fenêtre du premier et les lucarnes des mansardes. Quelques intervalles, ménagés soigneusement par Feuilly, principal constructeur, pouvaient laisser passer des canons de fusil. Cet armement des fenêtres put se faire d'autant plus facilement que la mitraille avait cessé. Les deux pièces tiraient maintenant à boulet sur le centre du barrage afin d'y faire une trouée, et, s'il était possible, une brèche pour l'assaut.

Quand les pavés, destinés à la défense suprême, furent en place, Enjolras fit porter au premier étage les bouteilles qu'il avait placées sous la table où était Mabeuf.

— Qui donc boira cela? lui demanda Bossuet.

— Eux, répondit Enjolras.

Puis on barricada la fenêtre d'en bas, et l'on tint toutes prêtes les traverses de fer qui servaient à barrer intérieurement la nuit la porte du cabaret.

La forteresse était complète. La barricade était le rempart, le cabaret était le donjon.

Des pavés qui restaient, on boucha la coupure.

Comme les défenseurs d'une barricade sont toujours obligés de ménager les munitions, et que les assiégeants le savent, les assiégeants combinent leurs arrangements avec une sorte de loisir irritant, s'exposent avant l'heure au feu, mais en apparence plus qu'en réalité, et prennent leurs aises. Les apprêts d'attaque se font toujours avec une certaine lenteur méthodique ; après quoi, la foudre.

Cette lenteur permit à Enjolras de tout revoir et de tout perfectionner. Il sentait que puisque de tels hommes allaient mourir, leur mort devait être un chef-d'œuvre.

Il dit à Marius : — Nous sommes les deux chefs. Je vais donner les derniers ordres au dedans. Toi, reste dehors et observe.

Marius se posta en observation sur la crête de la barricade.

Enjolras fit clouer la porte de la cuisine qui, on s'en souvient, était l'ambulance.

— Pas d'éclaboussures sur les blessés, dit-il.

Il donna ses dernières instructions dans la salle basse d'une voix brève, mais profondément tranquille; Feuilly écoutait et répondait au nom de tous.

— Au premier étage, tenez des haches prêtes pour couper l'escalier. Les a-t-on?

— Oui, dit Feuilly.

— Combien?

— Deux haches et un merlin.

— C'est bien. Nous sommes vingt-six combattants debout. Combien y a-t-il de fusils?

— Trente quatre.

— Huit de trop. Tenez ces huit fusils chargés comme les autres et sous la main. Aux ceintures les sabres et les pistolets. Vingt hommes à la barricade. Six embusqués aux mansardes et à la fenêtre du premier pour faire feu sur les assaillants à travers les meurtrières des pavés. Qu'il ne reste pas ici un seul travailleur inutile. Tout à l'heure, quand le tambour battra la charge, que les vingt d'en bas se précipitent à la barricade. Les premiers arrivés seront les mieux placés.

Ces dispositions faites, il se tourna vers Javert, et lui dit :

— Je ne t'oublie pas.

Et, posant sur la table un pistolet, il ajouta :

— Le dernier qui sortira d'ici cassera la tête à cet espion.

— Ici? demanda une voix.

— Non, ne mêlons pas ce cadavre aux nôtres. On peut enjamber la petite barricade sur la ruelle Mondétour. Elle n'a que quatre pieds de haut. L'homme est bien garrotté. On l'y mènera, et on l'y exécutera.

Quelqu'un, en ce moment-là, était plus impassible qu'Enjolras; c'était Javert.

Ici Jean Valjean apparut.

Il était confondu dans le groupe des insurgés. Il en sortit, et dit à Enjolras :

— Vous êtes le commandant?

— Oui.

— Vous m'avez remercié tout à l'heure.

— Au nom de la République. La barricade a deux sauveurs, Marius Pontmercy et vous.

— Pensez-vous que je mérite une récompense?

— Certes.

— Eh bien, j'en demande une.

— Laquelle ?

— Brûler moi-même la cervelle à cet homme-là.

Javert leva la tête, vit Jean Valjean, eut un mouvement imperceptible, et dit :

— C'est juste.

Quant à Enjolras, il s'était mis à recharger sa carabine ; il promena ses yeux autour de lui :

— Pas de réclamation ?

Et il se tourna vers Jean Valjean :

— Prenez le mouchard.

Jean Valjean, en effet, prit possession de Javert en s'asseyant sur l'extrémité de la table. Il saisit le pistolet, et un faible cliquetis annonça qu'il venait de l'armer.

Presque au même instant, on entendit une sonnerie de clairons.

— Alerte ! cria Marius du haut de la barricade.

Javert se mit à rire de ce rire sans bruit qui lui était propre, et, regardant fixement les insurgés, leur dit :

— Vous n'êtes guère mieux portants que moi.

— Tous dehors ! cria Enjolras.

Les insurgés s'élancèrent en tumulte, et, en sortant, reçurent dans le dos, qu'on nous passe l'expression, cette parole de Javert :

— A tout à l'heure !

XIX

JEAN VALJEAN SE VENGE

Quand Jean Valjean fut seul avec Javert, il défit la corde qui assujettissait le prisonnier par le milieu du corps, et dont le nœud était sous la table. Après quoi, il lui fit signe de se lever.

Javert obéit, avec cet indéfinissable sourire où se condense la suprématie de l'autorité enchaînée.

Jean Valjean prit Javert par la martingale comme on prendrait une bête de somme par la bricole, et, l'entraînant après lui, sortit du cabaret, lentement,

car Javert, entravé aux jambes, ne pouvait faire
que de très-petits pas.

Jean Valjean avait le pistolet au poing.

Ils franchirent ainsi le trapèze intérieur de la
barricade. Les insurgés, tout à l'attaque immi-
nente, tournaient le dos.

Marius, seul, placé de côté à l'extrémité gauche
du barrage, les vit passer. Ce groupe du patient et
du bourreau s'éclaira de la lueur sépulcrale qu'il
avait dans l'âme.

Jean Valjean fit escalader, avec quelque peine,
à Javert garrotté, mais sans le lâcher un seul instant, le petit retranchement de la ruelle Mondétour.

Quand ils eurent enjambé ce barrage, ils se
trouvèrent seuls dans la ruelle. Personne ne les
voyait plus. Le coude des maisons les cachait
aux insurgés. Les cadavres retirés de la barricade
faisaient un monceau terrible à quelques pas.

On distinguait dans le tas des morts une face
livide, une chevelure dénouée, une main percée,
et un sein de femme demi-nu. C'était Éponine.

Javert considéra obliquement cette morte et,
profondément calme, dit à demi-voix :

— Il me semble que je connais cette fille-là.

Puis il se tourna vers Jean Valjean.

Jean Valjean mit le pistolet sous son bras et fixa sur Javert un regard qui n'avait pas besoin de paroles pour dire : — Javert, c'est moi.

Javert répondit :

— Prends ta revanche.

Jean Valjean tira de son gousset un couteau, et l'ouvrit.

— Un surin! s'écria Javert. Tu as raison. Cela te convient mieux.

Jean Valjean coupa la martingale que Javert avait au cou, puis il coupa les cordes qu'il avait aux poignets, puis, se baissant, il coupa la ficelle qu'il avait aux pieds ; et, se redressant, il lui dit :

— Vous êtes libre.

Javert n'était pas facile à étonner. Cependant, tout maître qu'il était de lui, il ne put se soustraire à une commotion. Il resta béant et immobile.

Jean Valjean poursuivit :

— Je ne crois pas que je sorte d'ici. Pourtant, si, par hasard, j'en sortais, je demeure, sous le nom de Fauchelevent, rue de l'Homme-Armé, numéro sept.

Javert eut un froncement de tigre qui lui entr'ouvrit un coin de la bouche, et il murmura entre ses
dents :

— Prends garde.

— Allez, dit Jean Valjean.

Javert reprit :

— Tu as dit Fauchelevent, rue de l'Homme-Armé?

— Numéro sept.

Javert répéta à demi-voix : — Numéro sept.

Il reboutonna sa redingote, remit de la roideur
militaire entre ses deux épaules, fit demi-tour,
croisa les bras en soutenant son menton dans
une de ses mains, et se mit à marcher dans la
direction des halles. Jean Valjean le suivait des
yeux. Après quelques pas, Javert se retourna, et
cria à Jean Valjean :

— Vous m'ennuyez. Tuez-moi plutôt.

Javert ne s'apercevait pas lui-même qu'il ne
tutoyait plus Jean Valjean.

— Allez-vous-en, dit Jean Valjean.

Javert s'éloigna à pas lents. Un moment après,
il tourna l'angle de la rue des Prêcheurs.

Quand Javert eut disparu, Jean Valjean déchargea le pistolet en l'air.

Puis il rentra dans la barricade et dit :

— C'est fait.

Cependant voici ce qui s'était passé :

Marius, plus occupé du dehors que du dedans, n'avait pas jusque-là regardé attentivement l'espion garrotté au fond obscur de la salle basse.

Quand il le vit au grand jour, enjambant la barricade pour aller mourir, il le reconnut. Un souvenir subit lui entra dans l'esprit. Il se rappela l'inspecteur de la rue de Pontoise, et les deux pistolets qu'il lui avait remis et dont il s'était servi, lui Marius, dans cette barricade même ; et non-seulement il se rappela la figure, mais il se rappela le nom.

Ce souvenir pourtant était brumeux et trouble comme toutes ses idées. Ce ne fut pas une affirmation qu'il se fit, ce fut une question qu'il s'adressa :

— Est-ce que ce n'est pas là cet inspecteur de police qui m'a dit s'appeler Javert ?

Peut-être était-il encore temps d'intervenir pour cet homme ? Mais il fallait d'abord savoir si c'était bien ce Javert.

Marius interpella Enjolras qui venait de se placer à l'autre bout de la barricade :

— Enjolras !

— Quoi?

— Comment s'appelle cet homme-là?

— Qui?

— L'agent de police. Sais-tu son nom?

— Sans doute. Il nous l'a dit.

— Comment s'appelle-t-il?

— Javert.

Marius se dressa.

En ce moment on entendit le coup de pistolet.

Jean Valjean reparut et cria : c'est fait.

Un froid sombre traversa le cœur de Marius.

XX

LES MORTS ONT RAISON ET LES VIVANTS N'ONT PAS TORT

L'agonie de la barricade allait commencer.

Tout concourait à la majesté tragique de cette minute suprême ; mille fracas mystérieux dans l'air, le souffle des masses armées mises en mouvement dans des rues qu'on ne voyait pas, le galop intermittent de la cavalerie, le lourd ébranlement des artilleries en marche, les feux de peloton et les

canonnades se croisant dans le dédale de Paris, les
fumées de la bataille montant toutes dorées au-
dessus des toits, on ne sait quels cris lointains va-
.guement terribles, des éclairs de menace partout,
le tocsin de Saint-Merry qui maintenant avait l'accent du sanglot, la douceur de la saison, la splendeur du ciel plein de soleil et de nuages, la beauté
du jour et l'épouvantable silence des maisons.

Car, depuis la veille, les deux rangées de maisons de la rue de la Chanvrerie étaient devenues
deux murailles; murailles farouches. Portes fermées, fenêtres fermées, volets fermés.

Dans ces temps-là, si différents de ceux où nous
sommes, quand l'heure était venue où le peuple
voulait en finir avec une situation qui avait trop
duré, avec une charte octroyée ou avec un pays
légal, quand la colère universelle était diffuse dans
l'atmosphère, quand la ville consentait au soulève-
ment de ses pavés, quand l'insurrection faisait sourire la bourgeoisie en lui chuchotant son mot d'ordre à l'oreille, alors l'habitant, pénétré d'émeute,
pour ainsi dire, était l'auxiliaire du combattant, et
la maison fraternisait avec la forteresse improvisée
qui s'appuyait sur elle. Quand la situation n'était

pas mûre, quand l'insurrection n'était décidément
pas consentie, quand la masse désavouait le mouvement, c'en était fait des combattants, la ville se
changeait en désert autour de la révolte, les âmes
se glaçaient, les asiles se muraient, et la rue se
faisait défilé pour aider l'armée à prendre la barricade.

On ne fait pas marcher un peuple par surprise
plus vite qu'il ne veut. Malheur à qui tente de lui
forcer la main! Un peuple ne se laisse pas faire.
Alors il abandonne l'insurrection à elle-même. Les
insurgés deviennent des pestiférés. Une maison est
un escarpement, une porte est un refus, une façade
est un mur. Ce mur voit, entend, et ne veut pas.
Il pourrait s'entr'ouvrir et vous sauver. Non. Ce
mur, c'est un juge. Il vous regarde et vous con-
damne. Quelle sombre chose que ces maisons fermées! Elles semblent mortes, elles sont vivantes.
La vie, qui y est comme suspendue, y persiste.
Personne n'en est sorti depuis vingt-quatre heures,
mais personne n'y manque. Dans l'intérieur de
cette roche, on va, on vient, on se couche, on se
lève; on y est en famille; on y boit et on y mange;
on y a peur, chose terrible! La peur excuse cette

inhospitalité redoutable; elle y mêle l'effarement,
circonstance atténuante. Quelquefois même, et cela
s'est vu, la peur devient passion; l'effroi peut se
changer en furie, comme la prudence en rage; de
là ce mot si profond : *Les enragés de modérés.* Il y
a des flamboiements d'épouvante suprême d'où
sort, comme une fumée lugubre, la colère. — Que
veulent ces gens-là? Ils ne sont jamais contents.
Ils compromettent les hommes paisibles. Comme si
l'on n'avait pas assez de révolutions comme cela!
Qu'est-ce qu'ils sont venus faire ici? Qu'ils s'en
tirent. Tant pis pour eux. C'est leur faute. Ils n'ont
que ce qu'ils méritent. Cela ne nous regarde pas.
Voilà notre pauvre rue criblée de balles. C'est un
tas de vauriens. Surtout n'ouvrez pas la porte. —
Et la maison prend une figure de tombe. L'insurgé
devant cette porte agonise; il voit arriver la mitraille et les sabres nus; s'il crie, il sait qu'on
l'écoute, mais qu'on ne viendra pas; il y a là des
murs qui pourraient le protéger, il y a là des
hommes qui pourraient le sauver; et ces murs ont
des oreilles de chair, et ces hommes ont des entrailles de pierre.

Qui accuser?

Personne, et tout le monde.

Les temps incomplets où nous vivons.

C'est toujours à ses risques et périls que l'utopie se transforme en insurrection, et se fait de protestation philosophique protestation armée, et de Minerve Pallas. L'utopie qui s'impatiente et devient émeute sait ce qui l'attend ; presque toujours elle arrive trop tôt. Alors elle se résigne, et accepte stoïquement, au lieu du triomphe, la catastrophe. Elle sert, sans se plaindre, et en les disculpant même, ceux qui la renient, et sa magnanimité est de consentir à l'abandon. Elle est indomptable cont e l'obstacle et douce envers l'ingratitude.

Est-ce l'ingratitude d'ailleurs ?

Oui, au point de vue du genre humain.

Non, au point de vue de l'individu.

Le progrès est le mode de l'homme. La vie générale du genre humain s'appelle le Progrès ; le pas collectif du genre humain s'appelle le Progrès. Le progrès marche ; il fait le grand voyage humain et terrestre vers le céleste et le divin ; il a ses haltes où il rallie le troupeau attardé ; il a ses stations où il médite, en présence de quelque Chanaan splendide dévoilant tout à coup son horizon ;

il a ses nuits où il dort ; et c'est une des poignantes
anxiétés du penseur de voir l'ombre sur l'âme humaine, et de tâter dans les ténèbres, sans pouvoir
le réveiller, le progrès endormi.

— *Dieu est peut-être mort,* disait un jour à celui
qui écrit ces lignes Gérard de Nerval, confondant
le progrès avec Dieu, et prenant l'interruption du
mouvement pour la mort de l'Être.

Qui désespère a tort. Le progrès se réveille in-
failliblement, et, en somme, on pourrait dire qu'il
marche, même endormi, car il a grandi. Quand
on le revoit debout, on le retrouve plus haut. Être
toujours paisible, cela ne dépend pas plus du progrès que du fleuve ; n'y élevez point de barrage,
n'y jetez pas de rocher ; l'obstacle fait écumer l'eau
et bouillonner l'humanité. De là des troubles ; mais
après ces troubles, on reconnaît qu'il y a du chemin de fait. Jusqu'à ce que l'ordre, qui n'est autre
chose que la paix universelle, soit établi, jusqu'à
ce que l'harmonie et l'unité règnent, le progrès
aura pour étapes les révolutions.

Qu'est-ce donc que le progrès ? Nous venons de
le dire. La vie permanente des peuples.

Or, il arrive quelquefois que la vie momentanée

des individus fait résistance à la vie éternelle du
genre humain.

Avouons-le sans amertume, l'individu a son intérêt distinct, et peut sans forfaiture stipuler pour
cet intérêt et le défendre ; le présent a sa quantité
excusable d'égoïsme ; la vie momentanée a son
droit, et n'est pas tenue de se sacrifier sans cesse
à l'avenir. La génération qui a actuellement son
tour de passage sur la terre n'est pas forcée de
l'abréger pour les générations, ses égales après
tout, qui auront leur tour plus tard. — J'existe,
murmure ce quelqu'un qui se nomme Tous. Je
suis jeune et je suis amoureux, je suis vieux et je
veux me reposer, je suis père de famille, je tra-
vaille, je prospère, je fais de bonnes affaires, j'ai
des maisons à louer, j'ai de l'argent sur l'État, je
suis heureux, j'ai femme et enfants, j'aime tout
cela, je désire vivre, laissez-moi tranquille. — De
là, à de certaines heures, un froid profond sur les
magnanimes avant-gardes du genre humain.

L'utopie d'ailleurs, convenons-en, sort de sa
sphère radieuse en faisant la guerre. Elle, la vérité
de demain, elle emprunte son procédé, la bataille,
au mensonge d'hier. Elle, l'avenir, elle agit comme

le passé. Elle, l'idée pure, elle devient voie de fait.
Elle complique son héroïsme d'une violence dont
il est juste qu'elle réponde ; violence d'occasion et
d'expédient, contraire aux principes, et dont elle
est fatalement punie. L'utopie insurrection combat,
le vieux code militaire au poing ; elle fusille les es-
pions, elle exécute les traîtres, elle supprime des
êtres vivants et les jette dans les ténèbres incon-
nues. Elle se sert de la mort, chose grave. Il semble que l'utopie n'ait plus foi dans le rayonnement,
sa force irrésistible et incorruptible. Elle frappe
avec le glaive. Or aucun glaive n'est simple. Toute
épée a deux tranchants ; qui blesse avec l'un se
blesse à l'autre.

Cette réserve faite, et faite en toute sévérité, il
nous est impossible de ne pas admirer, qu'ils réus-
sissent ou non, les glorieux combattants de l'avenir,
les confesseurs de l'utopie. Même quand ils avortent, ils sont vénérables, et c'est peut-être dans
l'insuccès qu'ils ont plus de majesté. La victoire,
quand elle est selon le progrès, mérite l'applaudissement des peuples ; mais une défaite héroïque mérite leur attendrissement. L'une est magnifique,
l'autre est sublime. Pour nous, qui préférons le

martyre au succès, John Brown est plus grand que
Washington, et Pisacane est plus grand que Gari-
baldi.

Il faut bien que quelqu'un soit pour les vaincus.

On est injuste pour ces grands essayeurs de
l'avenir quand ils avortent.

On accuse les révolutionnaires de semer l'effroi.
Toute barricade semble attentat. On incrimine
leurs théories, on suspecte leur but, on redoute
leur arrière-pensée, on dénonce leur conscience.
On leur reproche d'élever, d'échafauder et d'entasser contre le fait social régnant un monceau de
misères, de douleurs, d'iniquités, de griefs, de
désespoirs, et d'arracher des bas-fonds des blocs
de ténèbres pour s'y créneler et y combattre. On
leur crie : Vous dépavez l'enfer ! Ils pourraient répondre : C'est pour cela que notre barricade est
faite de bonnes intentions.

Le mieux, certes, c'est la solution pacifique. En
somme, convenons-en, lorsqu'on voit le pavé, on
songe à l'ours, et c'est une bonne volonté dont la
société s'inquiète. Mais il dépend de la société de
se sauver elle-même ; c'est à sa propre bonne volonté que nous faisons appel. Aucun remède violent

n'est nécessaire. Étudier le mal à l'amiable, le
constater, puis le guérir. C'est à cela que nous la
convions.

Quoi qu'il en soit, même tombés, surtout tombés, ils sont augustes, ces hommes qui, sur tous
les points de l'univers, l'œil fixé sur la France,
luttent pour la grande œuvre avec la logique in-
flexible de l'idéal; ils donnent leur vie en pur don
pour le progrès; ils accomplissent la volonté de
la providence; ils font un acte religieux. A l'heure
dite, avec autant de désintéressement qu'un acteur
qui arrive à sa réplique, obéissant au scenario divin, ils entrent dans le tombeau. Et ce combat
sans espérance, et cette disparition stoïque, ils l'ac-
ceptent pour amener à ses splendides et suprêmes
conséquences universelles le magnifique mouvement humain irrésistiblement commencé le 14 juillet 1789 ; ces soldats sont des prêtres. La révolution française est un geste de Dieu.

Du reste, il y a, et il convient d'ajouter cette
distinction aux distinctions déjà indiquées dans un
autre chapitre, il y a les insurrections acceptées
qui s'appellent révolutions; il y a les révolutions
refusées qui s'appellent émeutes. Une insurrection

qui éclate, c'est une idée qui passe son examen devant le peuple. Si le peuple laisse tomber sa boule
noire, l'idée est fruit sec; l'insurrection est échauf-
fourée.

L'entrée en guerre à toute sommation et chaque
fois que l'utopie le désire n'est pas le fait des peuples. Les nations n'ont pas toujours et à toute
heure le tempérament des héros et des martyrs.

Elles sont positives. A priori, l'insurrection leur
répugne; premièrement, parce qu'elle a souvent
pour résultat une catastrophe, deuxièmement, parce
qu'elle a toujours pour point de départ une abstrac-
tion.

Car, et ceci est beau, c'est toujours pour l'idéal,
et pour l'idéal seul, que se dévouent ceux qui se
dévouent. Une insurrection est un enthousiasme.
L'enthousiasme peut se mettre en colère ; de là les
prises d'armes. Mais toute insurrection qui couche
en joue un gouvernement ou un régime vise plus
haut. Ainsi, par exemple, insistons-y, ce que com-
battaient les chefs de l'insurrection de 1832, et en
particulier les jeunes enthousiastes de la rue de la
Chanvrerie, ce n'était pas précisément Louis-Philippe. La plupart, causant à cœur ouvert, rendaient

justice aux qualités de ce roi mitoyen à la monarchie et à la révolution; aucun ne le haïssait. Mais
ils attaquaient la branche cadette du droit divin
dans Louis-Philippe comme ils en avaient attaqué
la branche aînée dans Charles X ; et ce qu'ils voulaient renverser en renversant la royauté en France,
nous l'avons expliqué, c'était l'usurpation de
l'homme sur l'homme et du privilége sur le droit
dans l'univers entier. Paris sans roi a pour contre-
coup le monde sans despotes. Ils raisonnaient de
la sorte. Leur but était lointain sans doute, vague
peut-être et reculant devant l'effort; mais grand.

Cela est ainsi. Et l'on se sacrifie pour ces visions, qui, pour les sacrifiés, sont des illusions
presque toujours, mais des illusions auxquelles, en
somme, toute la certitude humaine est mêlée. L'insurgé poétise et dore l'insurrection. On se jette
dans ces choses tragiques en se grisant de ce qu'on
va faire. Qui sait? on réussira peut-être. On est le
petit nombre ; on a contre soi toute une armée;
mais on défend le droit, la loi naturelle, la souveraineté de chacun sur soi-même qui n'a pas d'abdication possible, la justice, la vérité, et au besoin
on meurt comme les trois cents spartiates. On ne

songe pas à Don Quichotte, mais à Léonidas. Et
l'on va devant soi, et, une fois engagé, on ne recule plus, et l'on se précipite tête baissée, ayant
pour espérance une victoire inouïe, la révolution
complétée, le progrès remis en liberté, l'agrandis-
sement du genre humain, la délivrance universelle ;
et pour pis aller les Thermopyles.

Ces passes d'armes pour le progrès échouent
souvent, et nous venons de dire pourquoi. La foule
est rétive à l'entraînement des paladins. Les lourdes
masses, les multitudes, fragiles à cause de leur
pesanteur même, craignent les aventures ; et il y a
de l'aventure dans l'idéal.

D'ailleurs, qu'on ne l'oublie pas, les intérêts
sont là, peu amis de l'idéal et du sentimental. Quelquefois l'estomac paralyse le cœur.

La grandeur et la beauté de la France, c'est
qu'elle prend moins de ventre que les autres peuples ; elle se noue plus aisément la corde aux reins.
Elle est la première éveillée, la dernière endormie.
Elle va en avant. Elle est chercheuse.

Cela tient à ce qu'elle est artiste.

L'idéal n'est autre chose que le point culminant
de la logique, de même que le beau n'est autre

chose que la cime du vrai. Les peuples artistes sont
aussi les peuples conséquents. Aimer la beauté,
c'est voir la lumière. C'est ce qui fait que le flambeau de l'Europe, c'est-à-dire de la civilisation, a
été porté d'abord par la Grèce, qui l'a passé à
l'Italie, qui l'a passé à la France. Divins peuples
éclaireurs ! *Vitai lampada tradunt.*

Chose admirable, la poésie d'un peuple est l'élément de son progrès. La quantité de civilisation
se mesure à la quantité d'imagination. Seulement
un peuple civilisateur doit rester un peuple mâle.
Corinthe, oui ; Sybaris, non. Qui s'efféminе s'abâ-
tardit. Il ne faut être ni dilettante, ni virtuose ;
mais il faut être artiste. En matière de civilisation,
il ne faut pas raffiner, mais il faut sublimer. A
cette condition, on donne au genre humain le patron de l'idéal.

L'idéal moderne a son type dans l'art, et son
moyen dans la science. C'est par la science qu'on
réalisera cette vision auguste des poëtes : le beau
social. On refera l'Éden par A + B. Au point où
la civilisation est parvenue, l'exact est un élément
nécessaire du splendide, et le sentiment artiste est
non-seulement servi, mais complété par l'organe

scientifique; le rêve doit calculer. L'art, qui est le
conquérant, doit avoir pour point d'appui la science,
qui est le marcheur. La solidité de la monture importe. L'esprit moderne, c'est le génie de la Grèce
ayant pour véhicule le génie de l'Inde ; Alexandre
sur l'éléphant.

Les races pétrifiées dans le dogme ou démora-
lisées par le lucre sont impropres à la conduite de
la civilisation. La génuflexion devant l'idole ou
devant l'écu atrophie le muscle qui marche et la
volonté qui va. L'absorption hiératique ou mar-
chande amoindrit le rayonnement d'un peuple,
abaisse son horizon en abaissant son niveau, et lui
retire cette intelligence à la fois humaine et divine
du but universel, qui fait les nations missionnaires.
Baby'one n'a pas d'idéal; Carthage n'a pas d'idéal.
Athènes et Rome ont et gardent, même à travers
toute l'épaisseur nocturne des siècles, des auréoles
de civilisation.

La France est de la même qualité de peuple que
la Grèce et l'Italie. Elle est athénienne par le beau
et romaine par le grand. En outre el'e est bonne.
Elle se donne. Elle est plus souvent que les autres
peuples en humeur de dévouement et de sacrifice.

Seulement cette humeur la prend et la quitte. Et c'est là le grand péril pour ceux qui courent quand elle ne veut que marcher, ou qui marchent quand elle veut s'arrêter. La France a ses rechutes de matérialisme, et, à de certains instants, les idées qui obstruent ce cerveau sublime n'ont plus rien qui rappelle la grandeur française et sont de la dimension d'un Missouri ou d'une Caroline du Sud. Qu'y faire? La géante joue la naine; l'immense France a ses fantaisies de petitesse. Voilà tout.

A cela rien à dire. Les peuples comme les astres ont le droit d'éclipse. Et tout est bien, pourvu que la lumière revienne et que l'éclipse ne dégénère pas en nuit. Aube et résurrection sont synonymes. La réapparition de la lumière est identique à la persistance du moi.

Constatons ces faits avec calme. La mort sur la barricade, ou la tombe dans l'exil, c'est pour le dévouement un en-cas acceptable. Le vrai nom du dévouement, c'est désintéressement. Que les abandonnés se laissent abandonner, que les exilés se laissent exiler, et bornons-nous à supplier les grands peuples de ne pas reculer trop loin, quand ils reculent. Il ne faut pas, sous prétexte de retour à la raison, aller trop avant dans la descente.

La matière existe, la minute existe, les intérêts existent, le ventre existe; mais il ne faut pas que le ventre soit la seule sagesse. La vie momentanée a son droit, nous l'admettons, mais la vie permanente a le sien. Hélas! être monté, cela n'empêche pas de tomber. On voit ceci dans l'histoire plus souvent qu'on ne voudrait : Une nation est illustre; elle goûte à l'idéal, puis elle mord dans la fange, et elle trouve cela bon; et si on lui demande d'où vient qu'elle abandonne Socrate pour Falstaff, elle répond : C'est que j'aime les hommes d'État.

Un mot encore avant de rentrer dans la mêlée.

Une bataille comme celle que nous racontons en ce moment n'est autre chose qu'une convulsion vers l'idéal. Le progrès entravé est maladif, et il a de ces tragiques épilepsies. Cette maladie du progrès, la guerre civile, nous avons dû la rencontrer sur notre passage. C'est là une des phases fatales, à la fois acte et entr'acte, de ce drame dont le pivot est un damné social, et dont le titre véritable est : *le Progrès*.

Le Progrès!

Ce cri que nous jetons souvent est toute notre

pensée ; et, au point de ce drame où nous sommes,
l'idée qu'il contient ayant encore plus d'une épreuve
à subir, il nous est permis peut-être, sinon d'en
soulever le voile, du moins d'en laisser transpa-
raître nettement la lueur.

Le livre que le lecteur a sous les yeux en ce
moment, c'est, d'un bout à l'autre, dans son ensemble et dans ses détails, quelles que soient les
intermittences, les exceptions ou les défaillances,
la marche du mal au bien, de l'injuste au juste,
du faux au vrai, de la nuit au jour, de l'appétit
à la conscience, de la pourriture à la vie, de la
bestialité au devoir, de l'enfer au ciel, du néant à
Dieu. Point de départ : la matière ; point d'arrivée : l'âme. L'hydre au commencement, l'ange
à la fin.

XXI

LES HÉROS

Tout à coup le tambour battit la charge.

L'attaque fut l'ouragan. La veille, dans l'obscurité, la barricade avait été approchée silencieusement comme par un boa. A présent, en plein jour,
dans cette rue évasée, la surprise était décidément
impossible, la vive force, d'ailleurs, s'était démasquée, le canon avait commencé le rugissement,
l'armée se rua sur la barricade. La furie était

maintenant l'habileté. Une puissante colonne d'infanterie de ligne, coupée à intervalles égaux de garde nationale et de garde municipale à pied, et appuyée sur des masses profondes qu'on entendait sans les voir, déboucha dans la rue au pas de course, tambour battant, clairon sonnant, baïonnettes croisées, sapeurs en tête, et, imperturbable sous les projectiles, arriva droit sur la barricade avec le poids d'une poutre d'airain sur un mur.

Le mur tint bon.

Les insurgés firent feu impétueusement. La barricade escaladée eut une crinière d'éclairs. L'assaut fut si forcené qu'elle fut un moment inondée d'assaillants ; mais elle secoua les soldats ainsi que le lion les chiens, et elle ne se couvrit d'assiégeants que comme la falaise d'écume, pour reparaître, l'instant d'après, escarpée, noire et formidable.

La colonne, forcée de se replier, resta massée dans la rue, à découvert, mais terrible, et riposta à la redoute par une mousqueterie effrayante. Quiconque a vu un feu d'artifice se rappelle cette gerbe faite d'un croisement de foudres qu'on appelle le bouquet. Qu'on se représente ce bouquet, non plus vertical, mais horizontal, portant une

balle, une chevrotine ou un biscaïen à la pointe
de chacun de ses jets de feu, et égrenant la mort
dans ses grappes de tonnerres. La barricade était
là-dessous.

Des deux parts résolution égale. La bravoure
était là presque barbare et se compliquait d'une
sorte de férocité héroïque qui commençait par le
sacrifice de soi-même. C'était l'époque où un garde
national se battait comme un zouave. La troupe
voulait en finir ; l'insurrection voulait lutter. L'ac-
ceptation de l'agonie en pleine jeunesse et en
pleine santé fait de l'intrépidité une frénésie. Chacun dans cette mêlée avait le grandissement de
l'heure suprême. La rue se joncha de cadavres.

La barricade avait à l'une de ses extrémités
Enjolras et à l'autre Marius. Enjolras, qui portait
toute la barricade dans sa tête, se réservait et s'a-
britait ; trois soldats tombèrent l'un après l'autre
sous son créneau sans l'avoir même aperçu ; Marius combattait à découvert. Il se faisait point de
mire. Il sortait du sommet de la redoute plus qu'à
mi-corps. Il n'y a pas de plus violent prodigue
qu'un avare qui prend le mors aux dents ; il n'y a
pas d'homme plus effrayant dans l'action qu'un

songeur. Marius était formidable et pensif. Il était
dans la bataille comme dans un rêve. On eût dit
un fantôme qui fait le coup de fusil.

Les cartouches des assiégés s'épuisaient; leurs
sarcasmes non. Dans ce tourbillon du sépulcre où
ils étaient, ils riaient.

Courfeyrac était nu-tête.

— Qu'est-ce que tu as donc fait de ton chapeau?
lui demanda Bossuet.

Courfeyrac répondit :

— Ils ont fini par me l'emporter à coups de canon.

Ou bien ils disaient des choses hautaines.

— Comprend-on, s'écriait amèrement Feuilly,
ces hommes — (et il citait les noms, des noms connus, célèbres même, quelques-uns de l'ancienne
armée) — qui avaient promis de nous rejoindre et
fait serment de nous aider, et qui s'y étaient en-
gagés d'honneur, et qui sont nos généraux, et qui
nous abandonnent!

Et Combeferre se bornait à répondre avec un
grave sourire :

— Il y a des gens qui observent les règles de
l'honneur comme on observe les étoiles, de très-
loin.

L'intérieur de la barricade était tellement semé de cartouches déchirées qu'on eût dit qu'il y avait neigé.

Les assaillants avaient le nombre ; les insurgés avaient la position. Ils étaient en haut d'une muraille, et ils foudroyaient à bout portant les soldats trébuchant dans les morts et les blessés et empêtrés dans l'escarpement. Cette barricade, construite comme elle l'était et admirablement contrebutée, était vraiment une de ces situations où une poignée d'hommes tient en échec une légion. Cependant, toujours recrutée et grossissant sous la pluie de balles, la colonne d'attaque se rapprochait inexorablement, et maintenant, peu à peu, pas à pas, mais avec certitude, l'armée serrait la barricade comme la vis le pressoir.

Les assauts se succédèrent. L'horreur alla grandissant.

Alors éclata sur ce tas de pavés, dans cette rue de la Chanvrerie, une lutte digne d'une muraille de Troie. Ces hommes hâves, déguenillés, épuisés, qui n'avaient pas mangé depuis vingt-quatre heures, qui n'avaient pas dormi, qui n'avaient plus que quelques coups à tirer, qui tâtaient leurs poches vides de cartouches, presque tous blessés, la tête ou le bras bandé d'un linge rouillé et noirâtre, ayant dans leurs habits des trous d'où le sang coulait, à peine armés de mauvais fusils et de vieux sabres ébréchés, devinrent des Titans. La barricade fut dix fois abordée, assaillie, escaladée, et jamais prise.

Pour se faire une idée de cette lutte, il faudrait se figurer le feu mis à un tas de courages terribles, et qu'on regarde l'incendie. Ce n'était pas un combat, c'était le dedans d'une fournaise; les bouches y respiraient de la flamme; les visages y étaient extraordinaires. La forme humaine y semblait impossible, les combattants y flamboyaient, et c'était formidable de voir aller et venir dans cette fumée rouge ces salamandres de la mêlée. Les scènes successives et simultanées de cette tuerie grandiose, nous renonçons à les peindre. L'épopée seule a le droit de remplir douze mille vers avec une bataille.

On eût dit cet enfer du brahmanisme, le plus redoutable des dix-sept abîmes, que le Véda appelle la Forêt des Épées.

On se battait corps à corps, pied à pied, à coups de pistolet, à coups de sabre, à coups de poing,

de loin, de près, d'en haut, d'en bas, de partout,
des toits de la maison, des fenêtres du cabaret,
des soupiraux des caves où quelques-uns s'étaient
glissés. Ils étaient un contre soixante. La façade
de Corinthe, à demi démolie, était hideuse. La fenêtre, tatouée de mitraille, avait perdu vitres et
châssis et n'était plus qu'un trou informe, tumul-
tueusement bouché avec des pavés. Bossuet fut tué;
Feuilly fut tué; Courfeyrac fut tué; Joly fut tué;
Combeferre, traversé de trois coups de baïonnette
dans la poitrine au moment où il relevait un soldat
blessé, n'eut que le temps de regarder le ciel, et
expira.

Marius, toujours combattant, était si criblé de
blessures, particulièrement à la tête, que son visage
disparaissait dans le sang et qu'on eût dit qu'il
avait la face couverte d'un mouchoir rouge.

Enjolras seul n'était pas atteint. Quand il n'avait
plus d'arme, il tendait la main à droite ou à gauche
et un insurgé lui mettait une arme quelconque au
poing. Il n'avait plus qu'un tronçon de quatre
épées; une de plus que François Ier à Marignan.

Homère dit : « Diomède égorge Axyle, fils de
« Teuthranis, qui habitait l'heureuse Arisba; Eu-

« ryale, fils de Mécistée, extermine Drésos et
« Opheltios, Ésèpe, et ce Pédasus que la naïade
« Abarbarée conçut de l'irréprochable Boucolion;
« Ulysse renverse Pidyte de Percose; Antiloque,
« Ablère; Polypætès, Astyale; Polidamas, Otos
« de Cyllène; et Teucer, Arétaon. Méganthios
« meurt sous les coups de pique d'Euripyle. Aga-
« memnon, roi des héros, terrasse Élatos né dans
« la ville escarpée que baigne le sonore fleuve Sat-
« noïs. » Dans nos vieux poëmes de gestes, Esplandian attaque avec une bisaiguë de feu le marquis géant Swantibore, lequel se défend en lapidant
le chevalier avec des tours qu'il déracine. Nos anciennes fresques murales nous montrent les deux
ducs de Bretagne et de Bourbon, armés, armoriés
et timbrés en guerre, à cheval, et s'abordant, la
hache d'armes à la main, masqués de fer, bottés
de fer, gantés de fer, l'un caparaçonné d'hermine,
l'autre drapé d'azur; Bretagne avec son lion entre
les deux cornes de sa couronne, Bourbon casqué
d'une monstrueuse fleur de lys à visière. Mais pour
être superbe, il n'est pas nécessaire de porter,
comme Yvon, le morion ducal, d'avoir au poing,
comme Esplandian, une flamme vivante, ou comme

Phylès, père de Polydamas, d'avoir rapporté d'É-
phyre une bonne armure présent du roi des hommes
Euphète; il suffit de donner sa vie pour une conviction ou pour une loyauté. Ce petit soldat naïf,
hier paysan de la Beauce ou du Limousin, qui rôde,
le coupe-chou au côté, autour des bonnes d'enfants dans le Luxembourg, ce jeune étudiant pâle
penché sur une pièce d'anatomie ou sur un livre,
blond adolescent qui fait sa barbe avec des ciseaux,
prenez-les tous les deux, soufflez-leur un souffle de
devoir, mettez-les en face l'un de l'autre dans le
carrefour Boucherat ou dans le cul-de-sac Plan-
che-Mibray, et que l'un combatte pour son drapeau, et que l'autre combatte pour son idéal, et
qu'ils s'imaginent tous les deux combattre pour la
patrie; la lutte sera colossale; et l'ombre que
feront, dans ce grand champ épique où se débat
l'humanité, ce pioupiou et ce carabin aux prises,
égalera l'ombre que jette Mégaryon, roi de la
Lycie pleine de tigres, étreignant corps à corps
l'immense Ajax, égal aux dieux.

XXII

PIED A PIED

Quand il n'y eut plus de chefs vivants qu'Enjolras et Marius aux deux extrémités de la barricade, le centre, qu'avaient si longtemps soutenu Courfeyrac, Joly, Bossuet, Feuilly et Combeferre, plia. Le canon, sans faire de brèche praticable, avait assez largement échancré le milieu de la redoute; là, le sommet de la muraille avait disparu sous le boulet, et s'était écroulé; et les débris qui

étaient tombés, tantôt à l'intérieur, tantôt à l'extérieur, avaient fini, en s'amoncelant, par faire, des
deux côtés du barrage, deux espèces de talus, l'un
au dedans, l'autre au dehors. Le talus extérieur
offrait à l'abordage un plan incliné.

Un suprême assaut y fut tenté et cet assaut
réussit. La masse hérissée de baïonnettes et lancée
au pas gymnastique arriva irrésistible, et l'épais
front de bataille de la colonne d'attaque apparut
dans la fumée au haut de l'escarpement. Cette
fois, c'était fini. Le groupe d'insurgés qui défendait le centre recula pêle-mêle.

Alors le sombre amour de la vie se réveilla chez
quelques-uns. Couchés en joue par cette forêt de
fusils, plusieurs ne voulurent plus mourir. C'est là
une minute où l'instinct de la conservation pousse
des hurlements et où la bête reparaît dans l'homme.
Ils étaient acculés à la haute maison à six étages
qui faisait le fond de la redoute. Cette maison pouvait être le salut. Cette maison était barricadée et
comme murée du haut en bas. Avant que la troupe
de ligne fût dans l'intérieur de la redoute, une
porte avait le temps de s'ouvrir et de se fermer, la
durée d'un éclair suffisait pour cela, et la porte de

cette maison, entre-bâillée brusquement et refermée
tout de suite, pour ces désespérés c'était la vie. En
arrière de cette maison, il y avait les rues, la fuite
possible, l'espace. Ils se mirent à frapper contre
cette porte à coups de crosse et à coups de pied,
appelant, criant, suppliant, joignant les mains.
Personne n'ouvrit. De la lucarne du troisième étage,
la tête morte les regardait.

Mais Enjolras et Marius, et sept ou huit ralliés
autour d'eux, s'étaient élancés et les protégeaient.
Enjolras avait crié aux soldats : N'avancez pas ! et
un officier n'ayant pas obéi, Enjolras avait tué
l'officier. Il était maintenant dans la petite cour
intérieure de la redoute, adossé à la maison de
Corinthe, l'épée d'une main, la carabine de l'autre,
tenant ouverte la porte du cabaret qu'il barrait aux
assaillants. Il cria aux désespérés : — Il n'y a
qu'une porte ouverte. Celle-ci. — Et, les couvrant
de son corps, faisant à lui seul face à un bataillon,
il les fit passer derrière lui. Tous s'y précipitèrent.
Enjolras exécutant avec sa carabine, dont il se servait maintenant comme d'une canne, ce que les
bâtonnistes appellent la rose couverte, rabattit les
baïonnettes autour de lui et devant lui, et entra le

dernier; et il y eut un instant horrible, les soldats voulant pénétrer, les insurgés voulant fermer. La porte fut close avec une telle violence qu'en se remboîtant dans son cadre, elle laissa voir coupés et collés à son chambranle les cinq doigts d'un soldat qui s'y était cramponné.

Marius était resté dehors. Un coup de feu venait de lui casser la clavicule; il sentit qu'il s'évanouissait et qu'il tombait. En ce moment, les yeux déjà fermés, il eut la commotion d'une main vigoureuse qui le saisissait, et son évanouissement, dans lequel il se perdit, lui laissa à peine le temps de cette pensée mêlée au suprême souvenir de Cosette : — Je suis fait prisonnier. Je serai fusillé.

Enjolras, ne voyant pas Marius parmi les réfugiés du cabaret, eut la même idée. Mais ils étaient à cet instant où chacun n'a que le temps de songer à sa propre mort. Enjolras assujettit la barre de la porte, et la verrouilla, et en ferma à double tour la serrure et le cadenas, pendant qu'on la battait furieusement au dehors, les soldats à coups de crosse, les sapeurs à coups de hache. Les assaillants s'étaient groupés sur cette porte. C'était maintenant le siége du cabaret qui commençait.

Les soldats, disons-le, étaient pleins de colère.

La mort du sergent d'artillerie les avait irrités, et puis, chose plus funeste, pendant les quelques heures qui avaient précédé l'attaque, il s'était dit parmi eux que les insurgés mutilaient les prisonniers, et qu'il y avait dans le cabaret le cadavre d'un soldat sans tête. Ce genre de rumeur fatale est l'accompagnement ordinaire des guerres civiles, et ce fut un faux bruit de cette espèce qui causa plus tard la catastrophe de la rue Transnonain.

Quand la porte fut barricadée, Enjolras dit aux autres :

— Vendons-nous cher.

Puis il s'approcha de la table où étaient étendus Mabeuf et Gavroche. On voyait sous le drap noir deux formes droites et rigides, l'une grande, l'autre petite, et les deux visages se dessinaient vaguement sous les plis froids du suaire. Une main sortait de dessous le linceul et pendait vers la terre. C'était celle du vieillard.

Enjolras se pencha et baisa cette main vénérable, de même que la veille il avait baisé le front.

C'étaient les deux seuls baisers qu'il eût donnés dans sa vie.

Abrégeons. La barricade avait lutté comme une
porte de Thèbes ; le cabaret lutta comme une maison de Sarragosse. Ces résistances-là sont bourrues.
Pas de quartier. Pas de parlementaire possible.
On veut mourir pourvu qu'on tue. Quand Suchet
dit : — Capitulez, — Palafox répond : « Après la
guerre au canon, la guerre au couteau. » Rien ne
manqua à la prise d'assaut du cabaret Hucheloup :
ni les pavés pleuvant de la fenêtre et du toit sur les
assiégeants et exaspérant les soldats par d'horribles
écrasements, ni les coups de feu des caves et des
mansardes, ni la fureur de l'attaque, ni la rage de
la défense, ni, enfin, quand la porte céda, les dé-
mences frénétiques de l'extermination. Les assaillants, en se ruant dans le cabaret, les pieds embar-
rassés dans les panneaux de la porte enfoncée et
jetée à terre, n'y trouvèrent pas un combattant.
L'escalier en spirale, coupé à coups de hache, gisait au milieu de la salle basse, quelques blessés
achevaient d'expirer, tout ce qui n'était pas tué
était au premier étage, et là, par le trou du plafond, qui avait été l'entrée de l'escalier, un feu
terrifiant éclata. C'étaient les dernières cartouches.
Quand elles furent brûlées, quand ces agonisants

redoutables n'eurent plus ni poudre ni balles, chacun prit à la main deux de ces bouteilles réservées
par Enjolras et dont nous avons parlé, et ils tin-
rent tête à l'escalade avec ces massues effroyable-
ment fragiles. C'étaient des bouteilles d'eau-forte.
Nous disons telles qu'elles sont ces choses sombres
du carnage. L'assiégé, hélas, fait arme de tout.
Le feu grégeois n'a pas déshonoré Archimède, la
poix bouillante n'a pas déshonoré Bayard. Toute la
guerre est de l'épouvante, et il n'y a rien à y
choisir. La mousqueterie des assiégeants, quoique
gênée et de bas en haut, était meurtrière. Le rebord du trou du plafond fut bientôt entouré de
têtes mortes d'où ruisselaient de longs fils rouges
et fumants. Le fracas était inexprimable ; une
fumée enfermée et brûlante faisait presque la nuit
sur ce combat. Les mots manquent pour dire l'horreur arrivée à ce degré. Il n'y avait plus d'hommes
dans cette lutte maintenant infernale. Ce n'étaient
plus des géants contre des colosses. Cela ressemblait plus à Milton et à Dante qu'à Homère. Des
démons attaquaient, des spectres résistaient.

C'était l'héroïsme monstre.

XXIII

Enfin, se faisant la courte échelle, s'aidant du squelette de l'escalier, grimpant aux murs, s'accrochant au plafond, écharpant, au bord de la trappe même, les derniers qui résistaient, une vingtaine d'assiégeants, soldats, gardes nationaux, gardes municipaux, pêle-mêle, la plupart défigurés par des blessures au visage dans cette ascension redoutable, aveuglés par le sang, furieux, devenus sauvages, firent irruption dans la salle du premier

étage. Il n'y avait plus là qu'un seul homme qui
fût debout, Enjolras. Sans cartouches, sans épée,
il n'avait plus à la main que le canon de sa carabine dont il avait brisé la crosse sur la tête de ceux
qui entraient. Il avait mis le billard entre les assaillants et lui ; il avait reculé à l'angle de la salle,
et là, l'œil fier, la tête haute, ce tronçon d'arme
au poing, il était encore assez inquiétant pour que
le vide se fût fait autour de lui. Un cri s'éleva :

— C'est le chef. C'est lui qui a tué l'artilleur.
Puisqu'il s'est mis là, il y est bien. Qu'il y reste.
Fusillons-le sur place.

— Fusillez-moi, dit Enjolras.

Et, jetant le tronçon de sa carabine, et croisant
les bras, il présenta sa poitrine.

L'audace de bien mourir émeut toujours les
hommes. Dès qu'Enjolras eut croisé les bras, ac-
ceptant la fin, l'assourdissement de la lutte cessa
dans la salle, et ce chaos s'apaisa subitement dans
une sorte de solennité sépulcrale. Il semblait que la
majesté menaçante d'Enjolras désarmé et immobile pesât sur ce tumulte, et que, rien que par l'autorité de son regard tranquille, ce jeune homme,
qui seul n'avait pas une blessure, superbe, san-

glant, charmant, indifférent comme un invulnérable, contraignît cette cohue sinistre à le tuer avec
respect. Sa beauté, en ce moment-là, augmentée
de sa fierté, était un resplendissement, et, comme
s'il ne pouvait pas plus être fatigué que blessé,
après les effrayantes vingt-quatre heures qui venaient de s'écouler, il était vermeil et rose. C'était
de lui peut-être que parlait le témoin qui disait plus
tard devant le conseil de guerre : « Il y avait un
insurgé que j'ai entendu nommer Apollon. » Un
garde national qui visait Enjolras abaissa son arme
en disant : « Il me semble que je vais fusiller une
fleur. »

Douze hommes se formèrent en peloton à l'angle
opposé à Enjolras et apprêtèrent leurs fusils en
silence.

Puis un sergent cria : — Joue !

Un officier intervint.

— Attendez.

Et s'adressant à Enjolras :

— Voulez-vous qu'on vous bande les yeux ?

— Non.

— Est-ce bien vous qui avez tué le sergent d'artillerie ?

— Oui.

Depuis quelques instants Grantaire s'était réveillé.

Grantaire, on s'en souvient, dormait depuis la veille dans la salle haute du cabaret, assis sur une chaise, affaissé sur une table.

Il réalisait, dans toute son énergie, la vieille métaphore : ivre mort. Le hideux philtre absinthe-stout-alcool l'avait jeté en léthargie. Sa table étant petite, et ne pouvant servir à la barricade, on la lui avait laissée. Il était toujours dans la même posture, la poitrine pliée sur la table, la tête appuyée à plat sur les bras, entouré de verres, de chopes et de bouteilles. Il dormait de cet écrasant sommeil de l'ours engourdi et de la sangsue repue. Rien n'y avait fait, ni la fusillade, ni les boulets, ni la mitraille qui pénétrait par la croisée dans la salle où il était. Ni le prodigieux vacarme de l'assaut. Seulement, il répondait quelquefois au canon par un ronflement. Il semblait attendre là qu'une balle vînt lui épargner la peine de se réveiller. Plusieurs cadavres gisaient autour de lui ; et, au premier coup d'œil, rien ne le distinguait de ces dormeurs profonds de la mort.

Le bruit n'éveille pas un ivrogne; le silence le
réveille. Cette singularité a été plus d'une fois ob-
servée. La chute de tout, autour de lui, augmentait l'anéantissement de Grantaire; l'écroulement
le berçait. — L'espèce de halte que fit le tumulte
devant Enjolras fut une secousse pour ce pesant
sommeil. C'est l'effet d'une voiture au galop qui
s'arrête court. Les assoupis s'y réveillent. Grantaire se dressa en sursaut, étendit les bras, se
frotta les yeux, regarda, bâilla, et comprit.

L'ivresse qui finit ressemble à un rideau qui se
déchire. On voit, en bloc et d'un seul coup d'œil,
tout ce qu'elle cachait. Tout s'offre subitement à
la mémoire; et l'ivrogne, qui ne sait rien de ce qui
s'est passé depuis vingt-quatre heures, n'a pas
achevé d'ouvrir les paupières qu'il est au fait. Les
idées lui reviennent avec une lucidité brusque; l'effacement de l'ivresse, sorte de buée qui aveuglait
le cerveau, se dissipe, et fait place à la claire et
nette obsession des réalités.

Relégué qu'il était dans un coin et comme abrité
derrière le billard, les soldats, l'œil fixé sur Enjolras, n'avaient pas même aperçu Grantaire, et le
sergent se préparait à répéter l'ordre : En joue!

quand tout à coup ils entendirent une voix forte crier à côté d'eux :

— Vive la république! J'en suis.

Grantaire s'était levé.

L'immense lueur de tout le combat qu'il avait manqué, et dont il n'avait pas été, apparut dans le regard éclatant de l'ivrogne transfiguré.

Il répéta : Vive la république! traversa la salle d'un pas ferme et alla se placer devant les fusils debout près d'Enjolras.

— Faites-en deux d'un coup, dit-il.

Et, se tournant vers Enjolras avec douceur, il lui dit :

— Permets-tu?

Enjolras lui serra la main en souriant.

Ce sourire n'était pas achevé que la détonation éclata.

Enjolras, traversé de huit coups de feu, resta adossé au mur comme si les balles l'y eussent cloué. Seulement il pencha la tête.

Grantaire, foudroyé, s'abattit à ses pieds.

Quelques instants après, les soldats délogeaient les derniers insurgés réfugiés au haut de la maison. Ils tiraillaient à travers un treillis de bois

dans le grenier. On se battait dans les combles.
On jetait des corps par les fenêtres, quelques-uns
vivants. Deux voltigeurs, qui essayaient de relever
l'omnibus fracassé, étaient tués de deux coups de
carabine tirés des mansardes. Un homme en blouse
en était précipité, un coup de baïonnette dans le
ventre, et râlait à terre. Un soldat et un insurgé
glissaient ensemble sur le talus de tuiles du toit, et
ne voulaient pas se lâcher, et tombaient, se tenant
embrassés d'un embrassement féroce. Lutte pa-
reille dans la cave. Cris, coups de feu, piétine-
ment farouche. Puis le silence. La barricade était
prise.

Les soldats commencèrent la fouille des maisons
d'alentour et la poursuite des fuyards.

XXIV

PRISONNIER

Marius était prisonnier en effet. Prisonnier de
Jean Valjean.

La main qui l'avait étreint par derrière au moment où il tombait, et dont, en perdant connais-
sance, il avait senti le saisissement, était celle de
Jean Valjean.

Jean Valjean n'avait pas pris au combat d'autre
part que de s'y exposer. Sans lui, à cette phase

suprême de l'agonie, personne n'eût songé aux
blessés. Grâce à lui, partout présent dans le carnage comme une providence, ceux qui tombaient
étaient relevés, transportés dans la salle basse, et
pansés. Dans les intervalles, il réparait la barricade. Mais rien qui pût ressembler à un coup, à
une attaque, ou même à une défense personnelle,
ne sortit de ses mains. Il se taisait et secourait. Du
reste, il avait à peine quelques égratignures. Les
balles n'avaient pas voulu de lui. Si le suicide faisait partie de ce qu'il avait rêvé en venant dans ce
sépulcre, de ce côté-là, il n'avait point réussi. Mais
nous doutons qu'il eût songé au suicide, acte irré-
ligieux.

Jean Valjean, dans la nuée épaisse du combat,
n'avait pas l'air de voir Marius; le fait est qu'il ne
le quittait pas des yeux. Quand un coup de feu
renversa Marius, Jean Valjean bondit avec une agi-
lité de tigre, s'abattit sur lui comme sur une proie,
et l'emporta.

Le tourbillon de l'attaque était en cet instant-là
si violemment concentré sur Enjolras et sur la porte
du cabaret que personne ne vit Jean Valjean, soutenant dans ses bras Marius évanoui, traverser le

champ dépavé de la barricade et disparaître derrière l'angle de la maison de Corinthe.·

On se rappelle cet angle qui faisait une sorte de
cap dans la rue ; il garantissait des balles et de la
mitraille, et des regards aussi, quelques pieds carrés de terrain. Il y a ainsi parfois dans les incendies une chambre qui ne brûle point, et dans les
mers les plus furieuses, en deçà d'un promontoire
ou au fond d'un cul-de-sac d'écueils, un petit coin
tranquille. C'était dans cette espèce de repli du
trapèze intérieur de la barricade qu'Éponine avait
agonisé.

Là Jean Valjean s'arrêta, il laissa glisser à terre
Marius, s'adossa au mur et jeta les yeux autour de
lui.

La situation était épouvantable.

Pour l'instant, pour deux ou trois minutes peut-
être, ce pan de muraille était un abri, mais comment sortir de ce massacre ? Il se rappelait l'angoisse où il s'était trouvé rue Polonceau, huit ans
auparavant, et de quelle façon il était parvenu à
s'échapper ; c'était difficile alors, aujourd'hui c'é-
tait impossible. Il avait devant lui cette implacable
et sourde maison à six étages qui ne semblait ha-

bitée que par l'homme mort penché à sa fenêtre ;
il avait à sa droite la barricade assez basse qui fer-
mait la Petite-Truanderie ; enjamber cet obstacle
paraissait facile, mais on voyait au-dessus de la
crête du barrage une rangée de pointes de baïonnettes. C'était la troupe de ligne, postée au delà de
cette barricade, et aux aguets. Il était évident que
franchir la barricade c'était aller chercher un feu de
peloton, et que toute tête qui se risquerait à dépasser le haut de la muraille de pavés servirait de
cible à soixante coups de fusil. Il avait à sa gauche
le champ du combat. La mort était derrière l'angle
du mur.

Que faire ?

Un oiseau seul eût pu se tirer de là.

Et il fallait se décider sur-le-champ, trouver
un expédient, prendre un parti. On se battait à
quelques pas de lui ; par bonheur tous s'acharnaient sur un point unique, sur la porte du cabaret ; mais qu'un soldat, un seul, eût l'idée de
tourner la maison, ou de l'attaquer en flanc, tout
était fini.

Jean Valjean regarda la maison en face de lui, il
regarda la barricade à côté de lui, puis il regarda

la terre, avec la violence de l'extrémité suprême,
éperdu, et comme s'il eût voulu y faire un trou
avec ses yeux.

A force de regarder, on ne sait quoi de vaguement saisissable dans une telle agonie se dessina
et prit forme à ses pieds, comme si c'était une
puissance du regard de faire éclore la chose de-
mandée. Il aperçut à quelques pas de lui, au bas
du petit barrage si impitoyablement gardé et
guetté au dehors, sous un écroulement de pavés
qui la cachait en partie, une grille de fer posée à
plat et de niveau avec le sol. Cette grille, faite de
forts barreaux transversaux, avait environ deux
pieds carrés. L'encadrement de pavés qui la maintenait avait été arraché, et elle était comme descel-
lée. A travers les barreaux on entrevoyait une
ouverture obscure, quelque chose de pareil au conduit d'une cheminée ou au cylindre d'une citerne.
Jean Valjean s'élança. Sa vieille science des éva-
sions lui monta au cerveau comme une clarté.
Écarter les pavés, soulever la grille, charger sur
ses épaules Marius inerte comme un corps mort,
descendre, avec ce fardeau sur les reins, en s'aidant des coudes et des genoux, dans cette es-

pèce de puits heureusement peu profond, laisser retomber au-dessus de sa tête la lourde trappe de fer sur laquelle les pavés ébranlés croulèrent de nouveau, prendre pied sur une surface dallée à trois mètres au-dessous du sol, cela fut exécuté comme ce qu'on fait dans le délire, avec une force de géant et une rapidité d'aigle; cela dura quelques minutes à peine.

Jean Valjean se trouva, avec Marius toujours évanoui, dans une sorte de long corridor souterrain.

Là, paix profonde, silence absolu, nuit.

L'impression qu'il avait autrefois éprouvée en tombant de la rue dans le couvent, lui revint. Seulement, ce qu'il emportait aujourd'hui, ce n'était plus Cosette; c'était Marius.

C'est à peine maintenant s'il entendait au-dessus de lui, comme un vague murmure, le formidable tumulte du cabaret pris d'assaut.

LIVRE DEUXIÈME

L'INTESTIN DE LÉVIATHAN

I

LA TERRE APPAUVRIE PAR LA MER

Paris jette par an vingt-cinq millions à l'eau. Et ceci sans métaphore. Comment, et de quelle façon? jour et nuit. Dans quel but? sans aucun but. Avec quelle pensée? sans y penser. Pourquoi faire? pour rien. Au moyen de quel organe? au moyen de son intestin. Quel est son intestin? c'est son égout.

Vingt-cinq millions, c'est le plus modéré des

chiffres approximatifs que donnent les évaluations
de la science spéciale.

La science, après avoir longtemps tâtonné, sait
aujourd'hui que le plus fécondant et le plus efficace
des engrais, c'est l'engrais humain. Les chinois,
disons-le à notre honte, le savaient avant nous. Pas
un paysan chinois, c'est Eckeberg qui le dit, ne va
à la ville sans rapporter, aux deux extrémités de
son bambou, deux seaux pleins de ce que nous
nommons immondices. Grâce à l'engrais humain,
la terre en Chine est encore aussi jeune qu'au temps
d'Abraham. Le froment chinois rend jusqu'à cent
vingt fois la semence. Il n'est aucun guano com-
parable en fertilité au détritus d'une capitale. Une
grande ville est le plus puissant des stercoraires.
Employer la ville à fumer la plaine, ce serait une
réussite certaine. Si notre or est fumier, en revanche, notre fumier est or.

Que fait-on de cet or fumier? on le balaye à
l'abîme.

On expédie à grands frais des convois de navires
afin de récolter au pôle austral la fiente des pétrels
et des pingouins, et l'incalculable élément d'opu-
lence qu'on a sous la main, on l'envoie à la mer.

Tout l'engrais humain et animal que le monde perd,
rendu à la terre au lieu d'être jeté à l'eau, suffirait
à nourrir le monde.

Ces tas d'ordures du coin des bornes, ces tombereaux de boue cahotés la nuit dans les rues, ces
affreux tonneaux de la voirie, ces fétides écoulements de fange souterraine que le pavé vous cache,
savez-vous ce que c'est? C'est de la prairie en
fleur, c'est de l'herbe verte, c'est du serpolet et du
thym et de la sauge, c'est du gibier, c'est du bétail,
c'est le mugissement satisfait des grands bœufs le
soir, c'est du foin parfumé, c'est du blé doré, c'est
du pain sur votre table, c'est du sang chaud dans
vos veines, c'est de la santé, c'est de la joie, c'est
de la vie. Ainsi le veut cette création mystérieuse
qui est la transformation sur la terre et la transfiguration dans le ciel.

Rendez cela au grand creuset; votre abondance
en sortira. La nutrition des plaines fait la nourriture des hommes.

Vous êtes maîtres de perdre cette richesse, et de
me trouver ridicule par-dessus le marché. Ce sera
là le chef-d'œuvre de votre ignorance.

La statistique a calculé que la France à elle seule

fait tous les ans à l'Atlantique par la bouche de ses rivières un versement d'un demi-milliard. Notez ceci : avec ces cinq cents millions on payerait le quart des dépenses du budget. L'habileté de l'homme est telle qu'il aime mieux se débarrasser de ces cinq cents millions dans le ruisseau. C'est la substance même du peuple qu'emportent, ici goutte à goutte, là à flots, le misérable vomissement de nos égouts dans les fleuves et le gigantesque ramasse-ment de nos fleuves dans l'Océan. Chaque hoquet de nos cloaques nous coûte mille francs. A cela deux résultats : la terre appauvrie et l'eau empes-tée. La faim sortant du sillon et la maladie sor-tant du fleuve.

Il est notoire, par exemple, qu'à cette heure, la Tamise empoisonne Londres.

Pour ce qui est de Paris, on a dû, dans ces derniers temps, transporter la plupart des embou-chures d'égouts en aval au-dessous du dernier pont.

Un double appareil tubulaire, pourvu de sou-papes et d'écluses de chasse, aspirant et refoulant, un système de drainage élémentaire, simple comme le poumon de l'homme, et qui est déjà en pleine fonction dans plusieurs communes d'Angleterre, suffirait pour amener dans nos villes l'eau pure des champs et pour renvoyer dans nos champs l'eau riche des villes, et ce facile va-et-vient, le plus simple du monde, retiendrait chez nous les cinq cents millions jetés dehors. On pense à autre chose.

Le procédé actuel fait le mal en voulant faire le bien. L'intention est bonne, le résultat est triste. On croit expurger la ville, on étiole la population. Un égout est un malentendu. Quand partout le drainage, avec sa fonction double, restituant ce qu'il prend, aura remplacé l'égout, simple lavage appauvrissant, alors, ceci étant combiné avec les données d'une économie sociale nouvelle, le produit de la terre sera décuplé, et le problème de la misère sera singulièrement atténué. Ajoutez la suppression des parasitismes, il sera résolu.

En attendant, la richesse publique s'en va à la rivière, et le coulage a lieu. Coulage est le mot. L'Europe se ruine de la sorte par épuisement.

Quant à la France, nous venons de dire son chiffre. Or, Paris contenant le vingt-cinquième de la population française totale, et le guano parisien étant le plus riche de tous, on reste au-dessous de

la vérité en évaluant à vingt-cinq millions la part
de perte de Paris dans le demi-milliard que la
France refuse annuellement. Ces vingt-cinq millions, employés en assistance et en jouissance,
doubleraient la splendeur de Paris. La ville les
dépense en cloaques. De sorte qu'on peut dire que
la grande prodigalité de Paris, sa fête merveilleuse, sa folie Beaujon, son orgie, son ruisselle-
ment d'or à pleines mains, son faste, son luxe,
sa magnificence, c'est son égout.

C'est de cette façon que, dans la cécité d'une
mauvaise économie politique, on noie et on laisse
aller à vau-l'eau et se perdre dans les gouffres le
bien-être de tous. Il devrait y avoir des filets de
Saint-Cloud pour la fortune publique.

Économiquement, le fait peut se résumer ainsi :
Paris panier percé.

Paris, cette cité modèle, ce patron des capitales
bien faites dont chaque peuple tâche d'avoir une
copie, cette métropole de l'idéal, cette patrie auguste de l'initiative, de l'impulsion et de l'essai, ce
centre et ce lieu des esprits, cette ville nation, cette
ruche de l'avenir, ce composé merveilleux de Babylone et de Corinthe, ferait, au point de vue que

nous venons de signaler, hausser les épaules à un paysan du Fo-Kian.

Imitez Paris, vous vous ruinerez.

Au reste, particulièrement en ce gaspillage immémorial et insensé, Paris lui-même imite.

Ces surprenantes inepties ne sont pas nouvelles; ce n'est point là de la sottise jeune. Les anciens agissaient comme les modernes. « Les « cloaques de Rome, dit Liebig, ont absorbé tout « le bien-être du paysan romain. » Quand la campagne de Rome fut ruinée par l'égout romain, Rome épuisa l'Italie, et quand elle eut mis l'Italie dans son cloaque, elle y versa la Sicile, puis la Sardaigne, puis l'Afrique. L'égout de Rome a engouffré le monde. Ce cloaque offrait son engloutissement à la cité et à l'univers. *Urbi et orbi*. Ville éternelle, égout insondable.

Pour ces choses-là, comme pour d'autres, Rome donne l'exemple.

Cet exemple, Paris le suit, avec toute la bêtise propre aux villes d'esprit.

Pour les besoins de l'opération sur laquelle nous venons de nous expliquer, Paris a sous lui un autre Paris; un Paris d'égouts; lequel a ses rues, ses

carrefours, ses places, ses impasses, ses artères,
et sa circulation, qui est de la fange, avec la forme
humaine de moins.

Car il ne faut rien flatter, pas même un grand
peuple; là où il y a tout, il y a l'ignominie à côté de
la sublimité; et, si Paris contient Athènes, la ville
de lumière, Tyr, la ville de puissance, Sparte, la
ville de vertu, Ninive, la ville de prodige, il contient aussi Lutèce, la ville de boue.

D'ailleurs le cachet de sa puissance est là aussi,
et la titanique sentine de Paris réalise, parmi les
monuments, cet idéal étrange réalisé dans l'humanité par quelques hommes tels que Machiavel,
Bacon et Mirabeau : le grandiose abject.

Le sous-sol de Paris, si l'œil pouvait en pénétrer la surface, présenterait l'aspect d'un madrépore colossal. Une éponge n'a guère plus de pertuis
et de couloirs que la motte de terre de six lieues de
tour sur laquelle repose l'antique grande ville. Sans
parler des catacombes, qui sont une cave à part,
sans parler de l'inextricable treillis des conduits du
gaz, sans compter le vaste système tubulaire de la
distribution d'eau vive qui aboutit aux bornes-
fontaines, les égouts à eux seuls font sous les deux

rives un prodigieux réseau ténébreux; labyrinthe qui a pour fil sa pente.

Là apparaît, dans la brume humide, le rat, qui semble le produit de l'accouchement de Paris.

II

L'HISTOIRE ANCIENNE DE L'ÉGOUT

Qu'on s'imagine Paris ôté comme un couvercle,
le réseau souterrain des égouts, vu à vol d'oiseau,
dessinera sur les deux rives une espèce de grosse
branche greffée au fleuve. Sur la rive droite l'égout
de ceinture sera le tronc de cette branche, les conduits secondaires seront les rameaux et les impasses seront les ramuscules.

Cette figure n'est que sommaire et à demi
exacte, l'angle droit, qui est l'angle habituel de ce

genre de ramifications souterraines, étant très-rare
dans la végétation.

On se fera une image plus ressemblante de cet
étrange plan géométral en supposant qu'on voie à
plat sur un fond de ténèbres quelque bizarre alphabet d'Orient brouillé comme un fouillis, et dont les
lettres difformes seraient soudées les unes aux
autres, dans un pêle-mêle apparent et comme au
hasard, tantôt par leurs angles, tantôt par leurs
extrémités.

Les sentines et les égouts jouaient un grand rôle
au moyen âge, au Bas-Empire et dans le vieil
Orient. La peste y naissait, les despotes y mou-
raient. Les multitudes regardaient presque avec
une crainte religieuse ces lits de pourriture, monstrueux berceaux de la mort. La fosse aux ver-
mines de Bénarès n'est pas moins vertigineuse que
la Fosse aux Lions de Babylone. Téglath-Pha-
lasar, au dire des livres rabbiniques, jurait par la
sentine de Ninive. C'est de l'égout de Münster que
Jean de Leyde faisait sortir sa fausse lune, et c'est
du puits-cloaque de Kekhscheb que son ménechme
oriental, Mokannâ, le prophète voilé du Khorassan,
faisait sortir son faux soleil.

L'histoire des hommes se reflète dans l'histoire des cloaques. Les gémonies racontaient Rome. L'égout de Paris a été une vieille chose formidable. Il a été sépulcre, il a été asile. Le crime, l'intelligence, la protestation sociale, la liberté de conscience, la pensée, le vol, tout ce que les lois humaines poursuivent ou ont poursuivi, s'est caché dans ce trou ; les maillotins au quatorzième siècle, les tire-laine au quinzième, les huguenots au seizième, les illuminés de Morin au dix-septième, les chauffeurs au dix-huitième. Il y a cent ans, le coup de poignard nocturne en sortait, le filou en danger y glissait ; le bois avait la caverne ; Paris avait l'égout. La truanderie, cette *picareria* gauloise, acceptait l'égout comme succursale de la Cour des Miracles, et le soir, narquoise et féroce, rentrait sous le vomitoire Maubuée comme dans une alcôve.

Il était tout simple que ceux qui avaient pour lieu de travail quotidien le cul-de-sac Vide-Gousset ou la rue Coupe-Gorge eussent pour domicile nocturne le ponceau du Chemin-Vert ou le cagnard Hurepoix. De là un fourmillement de souvenirs. Toutes sortes de fantômes hantent ces longs corridors solitaires ; partout la putridité et le miasme ;

çà et là un soupirail où Villon dedans cause avec
Rabelais dehors.

L'égout, dans l'ancien Paris, est le rendez-vous
de tous les épuisements et de tous les essais. L'économie politique y voit un détritus, la philosophie
sociale y voit un résidu.

L'égout, c'est la conscience de la ville. Tout y
converge et s'y confronte. Dans ce lieu livide, il y a
des ténèbres, mais il n'y a plus de secrets. Chaque
chose a sa forme vraie, ou du moins sa forme
définitive. Le tas d'ordures a cela pour lui qu'il
n'est pas menteur. La naïveté s'est réfugiée là. Le
masque de Basile s'y trouve, mais on en voit le
carton, et les ficelles, et le dedans comme le dehors, et il est accentué d'une boue honnête. Le
faux nez de Scapin l'avoisine. Toutes les malpro-
pretés de la civilisation, une fois hors de service,
tombent dans cette fosse de vérité où aboutit l'immense glissement social. Elles s'y engloutissent,
mais elles s'y étalent. Ce pêle-mêle est une confes-
sion. Là, plus de fausse apparence, aucun plâtrage
possible, l'ordure ôte sa chemise, dénudation absolue, déroute des illusions et des mirages, plus
rien que ce qui est, faisant la sinistre figure de ce

qui finit. Réalité et disparition. Là, un cul de bou-
teille avoue l'ivrognerie, une anse de panier raconte
la domesticité ; là, le trognon de pomme qui a eu
des opinions littéraires redevient le trognon de
pomme ; l'effigie du gros sou se vert-de-grise fran-
chement, le crachat de Caïphe rencontre le vomissement de Falstaff, le louis d'or qui sort du tripot
heurte le clou où pend le bout de corde du suicide,
un fœtus livide roule enveloppé dans des paillettes
qui ont dansé le mardi gras dernier à l'Opéra, une
toque qui a jugé les hommes se vautre près d'une
pourriture qui a été la jupe de Margoton : c'est
plus que de la fraternité, c'est du tutoiement. Tout
ce qui se fardait se barbouille. Le dernier voile est
arraché. Un égout est un cynique. Il dit tout.

Cette sincérité de l'immondice nous plaît, et repose l'âme. Quand on a passé son temps à subir
sur la terre le spectacle des grands airs que
prennent la raison d'État, le serment, la sagesse
politique, la justice humaine, les probités profes-
sionnelles, les austérités de situation, les robes
incorruptibles, cela soulage d'entrer dans un égout
et de voir de la fange qui en convient.

Cela enseigne en même temps. Nous l'avons dit

tout à l'heure, l'histoire passe par l'égout. Les
Saint-Barthélemy y filtrent goutte à goutte entre
les pavés. Les grands assassinats publics, les boucheries politiques et religieuses, traversent ce souterrain de la civilisation et y poussent leurs cadavres.
Pour l'œil du songeur, tous les meurtriers histori-
ques sont là, dans la pénombre hideuse, à genoux,
avec un peu de leur suaire pour tablier, épongeant
lugubrement leur besogne. Louis XI y est avec
Tristan, François Ier y est avec Duprat, Charles IX
y est avec sa mère, Richelieu y est avec Louis XIII,
Louvois y est, Letellier y est, Hébert et Maillard
y sont, grattant les pierres et tâchant de faire disparaître la trace de leurs actions. On entend sous
ces voûtes le balai de ces spectres. On y respire la
fétidité énorme des catastrophes sociales. On voit
dans des coins des miroitements rougeâtres. Il coule
là une eau terrible où se sont lavées des mains san-
glantes.

L'observateur social doit entrer dans ces ombres.
Elles font partie de son laboratoire. La philosophie
est le microscope de la pensée. Tout veut la fuir,
mais rien ne lui échappe. Tergiverser est inutile.
Quel côté de soi montre-t-on en tergiversant? le

côté honte. La philosophie poursuit de son regard
probe le mal, et ne lui permet pas de s'évader
dans le néant. Dans l'effacement des choses qui
disparaissent, dans le rapetissement des choses qui
s'évanouissent, elle reconnaît tout. Elle reconstruit
la pourpre d'après le haillon et la femme d'après
le chiffon. Avec le cloaque elle refait la ville; avec
la boue elle refait les mœurs. Du tesson elle conclut
l'amphore, ou la cruche. Elle reconnaît à une empreinte d'ongle sur un parchemin la différence qui
sépare la juiverie de la Judengasse de la juiverie du
Ghetto. Elle retrouve dans ce qui reste ce qui a été,
le bien, le mal, le faux, le vrai, la tache de sang
du palais, le pâté d'encre de la caverne, la goutte
de suif du lupanar, les épreuves subies, les tenta-
tions bien venues, les orgies vomies, le pli qu'ont
fait les caractères en s'abaissant, la trace de la
prostitution dans les âmes que leur grossièreté en
faisait capables, et sur la veste des portefaix de
Rome la marque du coup de coude de Messaline.

BRUNESEAU

L'égout de Paris, au moyen âge, était légen-
daire. Au seizième siècle, Henri II essaya un son-
dage qui avorta. Il n'y a pas cent ans, le cloaque,
Mercier l'atteste, était abandonné à lui-même et
devenait ce qu'il pouvait.

Tel était cet ancien Paris, livré aux querelles,
aux indécisions et aux tâtonnements. Il fut longtemps assez bête. Plus tard, 89 montra comment

l'esprit vient aux villes. Mais, au bon vieux temps,
la capitale avait peu de tête ; elle ne savait faire
ses affaires ni moralement ni matériellement, et
pas mieux balayer les ordures que les abus. Tout
était obstacle, tout faisait question. L'égout, par
exemple, était réfractaire à tout itinéraire. On ne
parvenait pas plus à s'orienter dans la voirie
qu'à s'entendre dans la ville ; en haut l'inintelli-
gible, en bas l'inextricable ; sous la confusion des
langues il y avait la confusion des caves ; Dédale
doublait Babel.

Quelquefois, l'égout de Paris se mêlait de dé-
border, comme si ce Nil méconnu était subitement
pris de colère. Il y avait, chose infâme, des inondations d'égout. Par moments, cet estomac de la
civilisation digérait mal, le cloaque refluait dans le
gosier de la ville, et Paris avait l'arrière-goût de
sa fange. Ces ressemblances de l'égout avec le
remords avaient du bon ; c'étaient des avertisse-
ments ; fort mal pris du reste ; la ville s'indignait
que sa boue eût tant d'audace, et n'admettait pas
que l'ordure revînt. Chassez-la mieux.

L'inondation de 1802 est un des souvenirs ac-
tuels des Parisiens de quatre-vingts ans. La fange

se répandit en croix place des Victoires, où est la
statue de Louis XIV ; elle entra rue Saint-Honoré
par les deux bouches d'égout des Champs-Élysées,
rue Saint-Florentin, par l'égout Saint-Florentin,
rue Pierre-à-Poisson par l'égout de la Sonnerie, rue
Popincourt par l'égout du Chemin-Vert, rue de la
Roquette par l'égout de la rue de Lappe ; elle couvrit le caniveau de la rue des Champs-Élysées
jusqu'à une hauteur de trente-cinq centimètres ;
et, au midi, par le vomitoire de la Seine faisant sa
fonction en sens inverse, elle pénétra rue Mazarine,
rue de l'Échaudé, et rue des Marais, où elle s'arrêta à une longueur de cent neuf mètres, précisément à quelques pas de la maison qu'avait habitée
Racine, respectant, dans le dix-septième siècle,
le poëte plus que le roi. Elle atteignit son maximum de profondeur rue Saint-Pierre où elle s'éleva
à trois pieds au-dessus des dalles de la gargouille,
et son maximum d'étendue rue Saint-Sabin où elle
s'étala sur une longueur de deux cent trente-huit
mètre.

Au commencement de ce siècle, l'égout de Paris était encore un lieu mystérieux. La boue ne
peut jamais être bien famée ; mais ici le mauvais

renom allait jusqu'à l'effroi. Paris savait confusément qu'il avait sous lui une cave terrible. On en
parlait comme de cette monstrueuse souille de
Thèbes où fourmillaient des scolopendres de quinze
pieds de long et qui eût pu servir de baignoire à
Béhémoth. Les grosses bottes des égoutiers ne
s'aventuraient jamais au delà de certains points
connus. On était encore très-voisin du temps où les
tombereaux des boueurs, du haut desquels Sainte-
Foix fraternisait avec le marquis de Créqui, se dé-
chargeaient tout simplement dans l'égout. Quant
au curage, on confiait cette fonction aux averses,
qui encombraient plus qu'elles ne balayaient.
Rome laissait encore quelque poésie à son cloaque
et l'appelait Gémonies; Paris insultait le sien et
l'appelait le Trou punais. La science et la super-
stition étaient d'accord pour l'horreur. Le Trou
punais ne répugnait pas moins à l'hygiène qu'à la
légende. Le Moine bourru était éclos sous la vous-
sure fétide de l'égout Mouffetard; les cadavres des
Marmousets avaient été jetés dans l'égout de la
Barillerie; Fagon avait attribué la redoutable fièvre
maligne de 1685 au grand hiatus de l'égout du
Marais qui resta béant jusqu'en 1833 rue Saint-

Louis presque en face de l'enseigne du Messager
galant. La bouche d'égout de la rue de la Mor-
tellerie était célèbre par les pestes qui en sortaient ;
avec sa grille de fer à pointes qui simulait une
rangée de dents, elle était dans cette rue fatale
comme une gueule de dragon soufflant l'enfer sur
les hommes. L'imagination populaire assaisonnait
le sombre évier parisien d'on ne sait quel hideux ·
mélange d'infini. L'égout était sans fond. L'égout
c'était le barathrum. L'idée d'explorer ces régions
lépreuses ne venait pas même à la police. Tenter
cet inconnu, jeter la sonde dans cette ombre, aller
à la découverte dans cet abîme, qui l'eût osé ?
C'était effrayant. Quelqu'un se présenta pourtant.
Le cloaque eut son Christophe Colomb.

Un jour, en 1805, dans une de ces rares appa-
ritions que l'empereur faisait à Paris, le ministre
de l'intérieur vint au petit lever du maître. On entendait dans le carrousel le traînement des sabres
de tous ces soldats extraordinaires de la grande république et du grand empire ; il y avait encombrement de héros à la porte de Napoléon ; hommes
du Rhin, de l'Escaut, de l'Adige et du Nil ; com-
pagnons de Joubert, de Desaix, de Marceau, de

Hoche, de Kléber; aérostiers de Fleurus, grena-
diers de Mayence, pontonniers de Gênes, hussards
que les Pyramides avaient regardés, artilleurs qu'a-
vait éclaboussés le boulet de Junot, cuirassiers qui
avaient pris d'assaut la flotte à l'ancre dans le Zuy-
derzée; les uns avaient suivi Bonaparte sur le pont
de Lodi, les autres avaient accompagné Murat dans
la tranchée de Mantoue, les autres avaient devancé
Lannes dans le chemin creux de Montebello. Toute
l'armée d'alors était là, dans la cour des Tuileries,
représentée par une escouade ou par un peloton,
et gardant Napoléon au repos; et c'était l'époque
splendide où la grande armée avait derrière elle
Marengo et devant elle Austerlitz. — Sire, dit le
ministre de l'intérieur à Napoléon, j'ai vu hier
l'homme le plus intrépide de votre empire. —
Qu'est-ce que cet homme, dit brusquement l'empereur, et qu'est-ce qu'il a fait? — Il veut faire
une chose, sire. — Laquelle? — Visiter les égouts
de Paris.

Cet homme existait et se nommait Bruneseau.

IV

DÉTAILS IGNORÉS

La visite eut lieu. Ce fut une campagne redoutable ; une bataille nocturne contre la peste et l'asphyxie. Ce fut en même temps un voyage de
découvertes. Un des survivants de cette exploration, ouvrier intelligent, très-jeune alors, en ra-
contait encore il y a quelques années les curieux
détails que Bruneseau crut devoir omettre dans son
rapport au préfet de police. comme indignes du

style administratif. Les procédés désinfectants
étaient à cette époque très-rudimentaires. A peine
Brunescau eut-il franchi les premières articulations
du réseau souterrain, que huit des travailleurs sur
vingt refusèrent d'aller plus loin. L'opération était
compliquée ; la visite entraînait le curage ; il fallait
donc curer, et en même temps arpenter ; noter les
entrées d'eau, compter les grilles et les bouches,
détailler les branchements, indiquer les courants à
points de partage, reconnaître les circonscriptions
respectives des divers bassins, sonder les petits
égouts greffés sur l'égout principal, mesurer la
hauteur sous clef de chaque couloir, et la largeur,
tant à la naissance des voûtes qu'à fleur du radier,
enfin déterminer les ordonnées du nivellement au
droit de chaque entrée d'eau, soit du radier de l'é-
gout, soit du sol de la rue. On avançait péniblement. Il n'était pas rare que les échelles de descente plongeassent dans trois pieds de vase. Les
lanternes agonisaient dans les miasmes. De temps
en temps, on emportait un égoutier évanoui. A de
certains endroits, précipice. Le sol s'était effondré,
le dallage avait croulé, l'égout s'était changé en
puits perdu ; on ne trouvait plus le solide ; un

homme disparut brusquement; on eut grand'peine
à le retirer. Par le conseil de Fourcroy, on allumait
de distance en distance, dans les endroits suffi-
samment assainis, de grandes cages pleines d'é-
toupe imbibée de résine. La muraille, par places,
était couverte de fongus difformes, et l'on eût dit
des tumeurs; la pierre elle-même semblait malade
dans ce milieu irrespirable.

Bruneseau, dans son exploration, procéda d'a-
mont en aval. Au point de partage des deux con-
duites d'eau du Grand-Hurleur, il déchiffra sur
une pierre en saillie la date 1550; cette pierre indiquait la limite où s'était arrêté Philibert Delorme,
chargé par Henri II de visiter la voirie souterraine
de Paris. Cette pierre était la marque du seizième
siècle à l'égout; Bruneseau retrouva la main-
d'œuvre du dix-septième dans le conduit du
Ponceau et dans le conduit de la rue Vieille-du-
Temple, voûtés entre 1600 et 1650, et la main-
d'œuvre du dix-huitième dans la section ouest du
canal collecteur, encaissée et voûtée en 1740. Ces
deux voûtes, surtout la moins ancienne, celle de
1740, étaient plus lézardées et plus décrépites que
la maçonnerie de l'égout de ceinture, laquelle datait

de 1412, époque où le ruisseau d'eau vive de Ménilmontant fut élevé à la dignité de Grand Égout
de Paris, avancement analogue à celui d'un paysan
qui deviendrait premier valet de chambre du roi;
quelque chose comme Gros-Jean transformé en
Lebel.

On crut reconnaître çà et là, notamment sous le
Palais de justice, des alvéoles d'anciens cachots
pratiqués dans l'égout même. *In pace* hideux. Un
carcan de fer pendait dans l'une de ces cellules.
On les mura toutes. Quelques trouvailles furent
bizarres; entre autres le squelette d'un orang-ou-
tang disparu du Jardin des Plantes en 1800, disparition probablement connexe à la fameuse et
incontestable apparition du diable rue des Ber-
nardins dans la dernière année du dix-huitième
siècle. Le pauvre diable avait fini par se noyer dans
l'égout.

Sous ce long couloir cintré qui aboutit à l'Arche-
Marion, une hotte de chiffonnier, parfaitement con-
servée, fit l'admiration des connaisseurs. Partout,
la vase, que les égoutiers en étaient venus à ma-
nier intrépidement, abondait en objets précieux,
bijoux d'or et d'argent, pierreries, monnaies. Un

géant qui eût filtré ce cloaque eût eu dans son
tamis la richesse des siècles. Au point de partage
des deux branchements de la rue du Temple et de
la rue Sainte-Avoye, on ramassa une singulière mé-
daille huguenote en cuivre, portant d'un côté un
porc coiffé d'un chapeau de cardinal et de l'autre
un loup la tiare en tête.

La rencontre la plus surprenante fut à l'entrée
du Grand Égout. Cette entrée avait été autrefois
fermée par une grille dont il ne restait plus que les
gonds. A l'un de ces gonds pendait une sorte de
loque informe et souillée qui, sans doute arrêtée là
au passage, y flottait dans l'ombre et achevait de
s'y déchiqueter. Bruneseau approcha sa lanterne
et examina ce lambeau. C'était de la batiste très-
fine, et l'on distinguait à l'un des coins moins
rongé que le reste une couronne héraldique brodée
au-dessus de ces sept lettres : LAVBESP. La couronne était une couronne de marquis et les sept
lettres signifiaient *Laubespine*. On reconnut que ce
qu'on avait sous les yeux était un morceau du linceul de Marat. Marat, dans sa jeunesse, avait eu
des amours. C'était quand il faisait partie de la
maison du comte d'Artois en qualité de médecin

des écuries. De ces amours, historiquement con-
statés, avec une grande dame, il lui était resté ce
drap de lit. Épave ou souvenir. A sa mort, comme
c'était le seul linge un peu fin qu'il eût chez lui, on
l'y avait enseveli. De vieilles femmes avaient em-
maillotté pour la tombe, dans ce lange où il y avait
eu de la volupté, le tragique Ami du peuple. Bruneseau passa outre. On laissa cette guenille où elle
était ; on ne l'acheva pas. Fut-ce mépris ou respect ?
Marat méritait les deux. Et puis, la destinée y
était assez empreinte pour qu'on hésitât à y toucher. D'ailleurs, il faut laisser aux choses du sépulcre la place qu'elles choisissent. En somme,
la relique était étrange. Une marquise y avait
dormi ; Marat y avait pourri ; elle avait traversé le
Panthéon pour aboutir aux rats de l'égout. Ce
chiffon d'alcôve, dont Watteau eût jadis joyeusement dessiné tous les plis, avait fini par être digne
du regard fixe de Dante.

La visite totale de la voirie immonditielle souterraine de Paris dura sept ans, de 1805 à 1812.
Tout en cheminant, Bruneseau désignait, dirigeait
et mettait à fin des travaux considérables ; en 1808,
il abaissait le radier du Ponceau, et, créant par-

tout des lignes nouvelles, il poussait l'égout,
en 1809, sous la rue Saint-Denis jusqu'à la fontaine
des Innocents ; en 1810, sous la rue Froidmanteau
et sous la Salpêtrière ; en 1811, sous la rue Neuve-
des-Petits-Pères, sous la rue du Mail, sous la
rue de l'Écharpe, sous la place Royale ; en 1812,
sous la rue de la Paix et sous la chaussée d'Antin.
En même temps, il faisait désinfecter et assainir
tout le réseau. Dès la deuxième année, Bruneseau
s'était adjoint son gendre Nargaud.

C'est ainsi qu'au commencement de ce siècle
la vieille société cura son double-fond et fit la
toilette de son égout. Ce fut toujours cela de
nettoyé.

Tortueux, crevassé, dépavé, craquelé, coupé de
fondrières, cahoté par des coudes bizarres, montant et descendant sans logique, fétide, sauvage,
farouche, submergé d'obscurité, avec des cica-
trices sur ses dalles et des balafres sur ses murs,
épouvantable, tel était, vu rétrospectivement, l'antique égout de Paris. Ramifications en tous sens,
croisements de tranchées, branchements, pattes
d'oie, étoiles, comme dans les sapes, cœcums, culs-
de-sac, voûtes salpêtrées, puisards infects, suinte-

ments dartreux sur les parois, gouttes tombant
des plafonds, ténèbres; rien n'égalait l'horreur de
cette vieille crypte exutoire, appareil digestif de
Babylone, antre, fosse, gouffre percé de rues, tau-
pinière titanique où l'esprit croit voir rôder à travers l'ombre, dans de l'ordure qui a été de la
splendeur, cette énorme taupe aveugle, le passé.

Ceci, nous le répétons, c'était l'égout d'autrefois.

V

PROGRÈS ACTUEL

Aujourd'hui l'égout est propre, froid, droit, correct. Il réalise presque l'idéal de ce qu'on entend en Angleterre par le mot « respectable. » Il est convenable et grisâtre; tiré au cordeau; on pourrait presque dire à quatre épingles. Il ressemble à un fournisseur devenu conseiller d'état. On y voit presque clair. La fange s'y comporte décemment. Au premier abord, on le prendrait volontiers pour

un de ces corridors souterrains si communs jadis et
si utiles aux fuites des monarques et des princes,
dans cet ancien bon temps « où le peuple aimait
ses rois. » L'égout actuel est un bel égout ; le style
pur y règne ; le classique alexandrin rectiligne qui,
chassé de la poésie, paraît s'être réfugié dans l'architecture, semble mêlé à toutes les pierres de
cette longue voûte ténébreuse et blanchâtre ; chaque dégorgeoir est une arcade ; la rue de Rivoli
fait école jusque dans le cloaque. Au reste, si la
ligne géométrique est quelque part à sa place, c'est
à coup sûr dans la tranchée stercoraire d'une
grande ville. Là, tout doit être subordonné au chemin le plus court. L'égout a pris aujourd'hui un
certain aspect officiel. Les rapports mêmes de police dont il est quelquefois l'objet ne lui manquent
plus de respect. Les mots qui le caractérisent dans
le langage administratif sont relevés et dignes. Ce
qu'on appelait boyau, on l'appelle galerie ; ce qu'on
appelait trou, on l'appelle regard. Villon ne reconnaîtrait plus son antique logis en-cas. Ce réseau de
caves a bien toujours son immémoriale population
des rongeurs, plus pullulante que jamais ; de temps
en temps, un rat, vieille moustache, risque sa tête

à la fenêtre de l'égout et examine les parisiens;
mais cette vermine elle-même s'apprivoise, satisfaite qu'elle est de son palais souterrain. Le cloaque
n'a plus rien de sa férocité primitive. La pluie, qui
salissait l'égout d'autrefois, lave l'égout d'à présent.
Ne vous y fiez pas trop pourtant. Les miasmes l'ha-
bitent encore. Il est plutôt hypocrite qu'irréprochable. La préfecture de police et la commission
de salubrité ont eu beau faire. En dépit de tous
les procédés d'assainissement, il exhale une vague
odeur suspecte, comme Tartuffe après la confes-
sion.

Convenons-en, comme, à tout prendre, le ba-
layage est un hommage que l'égout rend à la civilisation, et comme, à ce point de vue, la conscience
de Tartuffe est un progrès sur l'étable d'Augias, il
est certain que l'égout de Paris s'est amélioré.

C'est plus qu'un progrès; c'est une transmuta-
tion. Entre l'égout ancien et l'égout actuel, il y a
une révolution. Qui a fait cette révolution?

L'homme que tout le monde oublie, et que nous
avons nommé Bruneseau.

VI

PROGRÈS FUTUR

Le creusement de l'égout de Paris n'a pas été une petite besogne. Les dix derniers siècles y ont travaillé sans le pouvoir terminer, pas plus qu'ils n'ont pu finir Paris. L'égout, en effet, reçoit tous les contre-coups de la croissance de Paris. C'est, dans la terre, une sorte de polype ténébreux aux mille antennes qui grandit dessous en même temps que la ville dessus. Chaque fois que la ville perce une rue, l'égout allonge un bras. La vieille mo-

narchie n'avait construit que vingt-trois mille trois
cents mètres d'égouts; c'est là que Paris en était le
1er janvier 1806. A partir de cette époque, dont
nous reparlerons tout à l'heure, l'œuvre a été utilement et énergiquement reprise et continuée; Napoléon a bâti, les chiffres sont curieux, quatre mille
huit cent quatre mètres; Louis XVIII, cinq mille
sept cent neuf; Charles X, dix mille huit cent
trente-six; Louis-Philippe, quatre-vingt-neuf mille
vingt; la république de 1848, vingt-trois mille trois
cent quatre-vingt-un; le régime actuel, soixante-
dix mille cinq cents; en tout, à l'heure qu'il est,
deux cent vingt-six mille six cent dix mètres;
soixante lieues d'égouts; entrailles énormes de Paris. Ramification obscure toujours en travail; construction ignorée et immense.

Comme on le voit, le dédale souterrain de Paris
est aujourd'hui plus que décuple de ce qu'il était
au commencement du siècle. On se figure malaisé-
ment tout ce qu'il a fallu de persévérance et d'efforts
pour amener ce cloaque au point de perfection re-
lative où il est maintenant. C'était à grand'peine
que la vieille prévôté monarchique et, dans les dix
dernières années du dix-huitième siècle, la mairie

révolutionnaire étaient parvenues à forer les cinq
lieues d'égouts qui existaient avant 1806. Tous les
genres d'obstacles entravaient cette opération, les
uns propres à la nature du sol, les autres inhé-
rents aux préjugés mêmes de la population laborieuse de Paris. Paris est bâti sur un gisement
étrangement rebelle à la pioche, à la houe, à la
sonde, au maniement humain. Rien de plus difficile à percer et à pénétrer que cette formation géo-
logique à laquelle se superpose la merveilleuse
formation historique, nommée Paris; dès que, sous
une forme quelconque, le travail s'engage et s'aventure dans cette nappe d'alluvions, les résistances
souterraines abondent. Ce sont des argiles liquides,
des sources vives, des roches dures, de ces vases
molles et profondes que la science spéciale appelle
moutardes. Le pic avance laborieusement dans des
lames calcaires alternées de filets de glaises très-
minces et de couches schisteuses aux feuillets in-
crustés d'écailles d'huîtres contemporaines des
océans préadamites. Parfois ·un ruisseau crève
brusquement une voûte commencée et inonde les
travailleurs; ou c'est une coulée de marne qui se
fait jour et se rue avec la furie d'une cataracte,

brisant comme verre les plus grosses poutres de soutènement. Tout récemment, à la Villette, quand il a fallu, sans interrompre la navigation et sans vider le canal, faire passer l'égout collecteur sous le canal Saint-Martin, une fissure s'est faite dans la cuvette du canal, l'eau a abondé subitement dans le chantier souterrain, au delà de toute la puissance des pompes d'épuisement; il a fallu faire chercher par un plongeur la fissure qui était dans le goulet du grand bassin, et on ne l'a point bouchée sans peine. Ailleurs, près de la Seine, et même assez loin du fleuve, comme par exemple à Belleville, Grande-Rue et passage Lunière, on rencontre des sables sans fond où l'on s'enlise et où un homme peut fondre à vue d'œil. Ajoutez l'asphyxie par les miasmes, l'ensevelissement par les éboulements, les effondrements subits. Ajoutez le typhus, dont les travailleurs s'imprègnent lentement. De nos jours, après avoir creusé la galerie de Clichy, avec banquette pour recevoir une conduite maîtresse d'eau de l'Ourcq, travail exécuté en tranchée, à dix mètres de profondeur; après avoir, à travers les éboulements, à l'aide des fouilles, souvent putrides, et des étrésillonnements, voûté la Bièvre du boulevard de l'Hôpital jusqu'à la Seine ; après avoir, pour délivrer Paris des eaux torrentielles de Montmartre et pour donner écoulement à cette marc fluviale de neuf hectares qui croupissait près de la barrière des Martyrs, après avoir, disons-nous, construit la ligne d'égouts de la barrière Blanche au chemin d'Aubervilliers, en quatre mois, jour et nuit, à une profondeur de onze mètres ; après avoir, chose qu'on n'avait pas vue encore, exécuté souterrainement un égout rue Barre-du-Bec, sans tranchée, à six mètres au-dessous du sol, le conducteur Monnot est mort. Après avoir voûté trois mille mètres d'égouts sur tous les points de la ville, de la rue Traversière-Saint-Antoine à la rue de l'Ourcine, après avoir, par le branche-ment de l'Arbalète, déchargé des inondations plu-viales le carrefour Censier-Mouffetard, après avoir bâti l'égout Saint-Georges sur enrochement et béton dans des sables fluides, après avoir dirigé le redoutable abaissement de radier du branche-ment Notre-Dame-de-Nazareth, l'ingénieur Duleau est mort. Il n'y a pas de bulletins pour ces actes de bravoure-là, plus utiles pourtant que la tuerie bête des champs de bataille.

Les égouts de Paris, en 1832, étaient loin d'être
ce qu'ils sont aujourd'hui. Bruneseau avait donné
le branle, mais il fallait le choléra pour déterminer
la vaste reconstruction qui a eu lieu depuis. Il est
surprenant de dire, par exemple, qu'en 1821, une
partie de l'égout de ceinture, dit Grand Canal,
comme à Venise, croupissait encore à ciel ouvert,
rue des Gourdes. Ce n'est qu'en 1823 que la ville
de Paris a trouvé dans son gousset les deux cent
soixante-six mille quatre-vingts francs six centimes
nécessaires à la couverture de cette turpitude. Les
trois puits absorbants du Combat, de la Cunette
et de Saint-Mandé, avec leurs dégorgeoirs, leurs
appareils, leurs puisards et leurs branchements
dépuratoires, ne datent que de 1836. La voirie
intestinale de Paris a été refaite à neuf et, comme
nous l'avons dit, plus que décuplée depuis un quart
de siècle.

Il y a trente ans, à l'époque de l'insurrection
des 5 et 6 juin, c'était encore, dans beaucoup
d'endroits, presque l'ancien égout. Un très-grand
nombre de rues, aujourd'hui bombées, étaient
alors des chaussées fendues. On voyait très-sou-
vent, au point déclive où les versants d'une rue ou

d'un carrefour aboutissaient, de larges grilles car-
rées à gros barreaux dont le fer luisait fourbi par
les pas de la foule, dangereuses et glissantes aux
voitures et faisant abattre les chevaux. La langue
officielle des ponts et chaussées donnait à ces points
déclives et à ces grilles le nom expressif de *Cassis*.
En 1832, dans une foule de rues, rue de l'Étoile,
rue Saint-Louis, rue du Temple, rue Vieille-du-
Temple, rue Notre-Dame-de-Nazareth, rue Folie-
Méricourt, quai aux Fleurs, rue du Petit-Musc, rue
de Normandie, rue Pont-aux-Biches, rue des Marais, faubourg Saint-Martin, rue Notre-Dame-des-
Victoires, faubourg Montmartre, rue Grange-Bate-
lière, aux Champs-Élysées, rue Jacob, rue de
Tournon, le vieux cloaque gothique montrait encore
cyniquement ses gueules. C'étaient d'énormes hiatus de pierre à cagnards, quelquefois entourés de
bornes, avec une effronterie monumentale.

Paris, en 1806, en était encore presque au
chiffre d'égouts constaté en mai 1663 : cinq mille
trois cent vingt-huit toises. Après Bruneseau, le
1er janvier 1832, il en avait quarante mille trois
cents mètres. De 1806 à 1831, on avait bâti annuellement, en moyenne, sept cent cinquante

mètres; depuis on a construit tous les ans huit et même dix mille mètres de galeries, en maçonnerie de petits matériaux à bain de chaux hydraulique sur fondation de béton. A deux cents francs le mètre, les soixante lieues d'égouts du Paris actuel représentent quarante-huit millions.

Outre le progrès économique que nous avons indiqué en commençant, de graves problèmes d'hygiène publique se rattachent à cette immense question : l'égout de Paris.

Paris est entre deux nappes, une nappe d'eau et une nappe d'air. La nappe d'eau, gisante à une assez grande profondeur souterraine, mais déjà tâtée par deux forages, est fournie par la couche de grès vert située entre la craie et le calcaire jurassique; cette couche peut être représentée par un disque de vingt-cinq lieues de rayon; une foule de rivières et de ruisseaux y suintent; on boit la Seine, la Marne, l'Yonne, l'Oise, l'Aisne, le Cher, la Vienne et la Loire dans un verre d'eau du puits de Grenelle. La nappe d'eau est salubre, elle vient du ciel d'abord, de la terre ensuite; la nappe d'air est malsaine, elle vient de l'égout. Tous les miasmes du cloaque se mêlent à la respiration de la ville :

de là cette mauvaise haleine. L'air pris au-dessus
d'un fumier, ceci a été scientifiquement constaté,
est plus pur que l'air pris au-dessus de Paris. Dans
un temps donné, le progrès aidant, les mécanismes
se perfectionnant, et la clarté se faisant, on em-
ploiera la nappe d'eau à purifier la nappe d'air.
C'est-à-dire à laver l'égout. On sait que par lavage
de l'égout, nous entendons : restitution de la fange
à la terre ; renvoi du fumier au sol et de l'engrais
aux champs. Il y aura, par ce simple fait, pour
toute la communauté sociale, diminution de misère
et augmentation de santé. A l'heure où nous
sommes, le rayonnement des maladies de Paris
va à cinquante lieues autour du Louvre, pris
comme moyeu de cette roue pestilentielle.

On pourrait dire que, depuis dix siècles, le
cloaque est la maladie de Paris. L'égout est le vice
que la ville a dans le sang. L'instinct populaire ne
s'y est jamais trompé. Le métier d'égoutier était
autrefois presque aussi périlleux, et presque aussi
répugnant au peuple, que le métier d'équarrisseur
si longtemps frappé d'horreur et abandonné au
bourreau. Il fallait une haute paye pour décider un
maçon à disparaître dans cette sape fétide ; l'échelle

du puisatier hésitait à s'y plonger ; on disait pro-
verbialement : *descendre dans l'égout, c'est entrer
dans la fosse ;* et toutes sortes de légendes hideuses,
nous l'avons dit, couvraient d'épouvante ce colossal
évier ; sentine redoutée qui a la trace des révolutions du globe comme des révolutions des hommes,
et où l'on trouve des vestiges de tous les cata-
clysmes depuis le coquillage du déluge jusqu'au
haillon de Marat.

LIVRE TROISIÈME

LA BOUE, MAIS L'AME

I

LE CLOAQUE ET SES SURPRISES

C'est dans l'égout de Paris que se trouvait Jean
Valjean.

Ressemblance de plus de Paris avec la mer.
Comme dans l'océan, le plongeur peut y disparaître.

La transition était inouïe. Au milieu même de la
ville, Jean Valjean était sorti de la ville, et, en un
clin d'œil, le temps de lever un couvercle et de le

refermer, il avait passé du plein jour à l'obscurité
complète, de midi à minuit, du fracas au silence,
du tourbillon des tonnerres à la stagnation de la
tombe, et, par une péripétie bien plus prodigieuse
encore que celle de la rue Polonceau, du plus
extrême péril à la sécurité la plus absolue.

Chute brusque dans une cave; disparition dans
l'oubliette de Paris; quitter cette rue où la mort
était partout pour cette espèce de sépulcre où il y
avait la vie, ce fut un instant étrange. Il resta
quelques secondes comme étourdi; écoutant, stupéfait. La chausse-trape du salut s'était subitement ouverte sous lui. La bonté céleste l'avait en
quelque sorte pris par trahison. Adorables embus-
cades de la providence !

Seulement, le blessé ne remuait point, et Jean
Valjean ne savait pas si ce qu'il emportait dans
cette fosse était un vivant ou un mort.

Sa première sensation fut l'aveuglement. Brusquement, il ne vit plus rien. Il lui sembla aussi
qu'en une minute il était devenu sourd. Il n'entendait plus rien. Le frénétique orage de meurtre qui
se déchaînait à quelques pieds au-dessus de lui
n'arrivait jusqu'à lui, nous l'avons dit, grâce à

l'épaisseur de terre qui l'en séparait, qu'éteint et
indistinct, et comme une rumeur dans une profondeur. Il sentait que c'était solide sous ses pieds ;
voilà tout ; mais cela suffisait. Il étendit un bras,
puis l'autre, et toucha le mur des deux côtés, et
reconnut que le couloir était étroit ; il glissa, et reconnut que la dalle était mouillée. Il avança un
pied avec précaution, craignant un trou, un pui-
sard, quelque gouffre ; il constata que le dallage
se prolongeait. Une bouffée de fétidité l'avertit du
lieu où il était.

Au bout de quelques instants, il n'était plus
aveugle. Un peu de lumière tombait du soupirail
par où il s'était glissé, et son regard s'était fait à
cette cave. Il commença à distinguer quelque
chose. Le couloir où il s'était terré, nul autre mot
n'exprime mieux la situation, était muré derrière
lui. C'était un de ces culs-de-sac que la langue spéciale appelle branchements. Devant lui, il y avait un
autre mur, un mur de nuit. La clarté du soupirail
expirait à dix ou douze pas du point où était Jean
Valjean, et faisait à peine une blancheur blafarde
sur quelques mètres de la paroi humide de l'égout.
Au delà, l'opacité était massive ; y pénétrer parais-

sait horrible, et l'entrée y semblait un engloutissement. On pouvait s'enfoncer pourtant dans cette
muraille de brume, et il le fallait. Il fallait même se
hâter. Jean Valjean songea que cette grille, aperçue
par lui sous les pavés, pouvait l'être par les soldats, et que tout tenait à ce hasard. Ils pouvaient
descendre eux aussi dans le puits et le fouiller. Il
n'y avait pas une minute à perdre. Il avait déposé
Marius sur le sol, il le ramassa, ceci est encore le
mot vrai, le reprit sur ses épaules et se mit en
marche. Il entra résolûment dans cette obscurité.

La réalité est qu'ils étaient moins sauvés que
Jean Valjean ne le croyait. Des périls d'un autre
genre et non moins grands les attendaient peut-
être. Après le tourbillon fulgurant du combat, la
caverne des miasmes et des piéges ; après le chaos,
le cloaque. Jean Valjean était tombé d'un cercle de
l'enfer dans l'autre.

Quand il eut fait cinquante pas, il fallut s'arrêter. Une question se présenta. Le couloir aboutissait à un autre boyau qu'il rencontrait trans-
versalement. Là s'offraient deux voies. Laquelle
prendre? fallait-il tourner à gauche ou à droite?
Comment s'orienter dans ce labyrinthe noir? Ce

labyrinthe, nous l'avons fait remarquer, a un fil ;
c'est sa pente. Suivre la pente, c'est aller à la rivière.

Jean Valjean le comprit sur-le-champ.

Il se dit qu'il était probablement dans l'égout
des halles ; que, s'il choisissait la gauche et suivait la pente, il arriverait avant un quart d'heure à
quelque embouchure sur la Seine entre le pont
au Change et le Pont-Neuf, c'est-à-dire à une apparition en plein jour sur le point le plus peuplé de
Paris. Peut-être aboutirait-il à quelque cagnard
de carrefour. Stupeur des passants de voir deux
hommes sanglants sortir de terre sous leurs pieds.
Survenue des sergents de ville, prise d'armes du
corps de garde voisin. On serait saisi avant d'être
sorti. Il valait mieux s'enfoncer dans le dédale, se
fier à cette noirceur, et s'en remettre à la providence quant à l'issue.

Il remonta la pente et prit à droite.

Quand il eut tourné l'angle de la galerie, la lointaine lueur du soupirail disparut, le rideau d'obscurité retomba sur lui et il redevint aveugle. Il
n'en avança pas moins, et aussi rapidement qu'il
put. Les deux bras de Marius étaient passés autour

de son cou et les pieds pendaient derrière lui. Il
tenait les deux bras d'une main et tâtait le mur de
l'autre. La joue de Marius touchait la sienne et s'y
collait, étant sanglante. Il sentait couler sur lui et
pénétrer sous ses vêtements un ruisseau tiède qui
venait de Marius. Cependant une chaleur humide à
son oreille que touchait la bouche du blessé indiquait de la respiration, et par conséquent de la
vie. Le couloir où Jean Valjean cheminait maintenant était moins étroit que le premier. Jean Valjean
y marchait assez péniblement. Les pluies de la
veille n'étaient pas encore écoulées et faisaient un
petit torrent au centre du radier, et il était forcé
de se serrer contre le mur pour ne pas avoir les
pieds dans l'eau. Il allait ainsi ténébreusement. Il
ressemblait aux êtres de nuit tâtonnant dans l'invisible et souterrainement perdus dans les veines
de l'ombre.

Pourtant, peu à peu, soit que des soupiraux lointains envoyassent un peu de lueur flottante dans
cette brume opaque, soit que ses yeux s'accoutu-
massent à l'obscurité, il lui revint quelque vision
vague, et il recommença à se rendre confusément
compte, tantôt de la muraille à laquelle il touchait,

tantôt de la voûte sous laquelle il passait. La pupille
se dilate dans la nuit et finit par y trouver du jour,
de même que l'âme se dilate dans le malheur et
finit par y trouver Dieu.

Se diriger était malaisé.

Le tracé des égouts répercute, pour ainsi dire,
le tracé des rues qui lui est superposé. Il y avait
dans le Paris d'alors deux mille deux cents rues.
Qu'on se figure là-dessous cette forêt de branches
ténébreuses qu'on nomme l'égout. Le système
d'égouts existant à cette époque, mis bout à bout,
eût donné une longueur de onze lieues. Nous avons
dit plus haut que le réseau actuel, grâce à l'activité
spéciale des trente dernières années, n'a pas moins
de soixante lieues.

Jean Valjean commença par se tromper. Il crut
être sous la rue Saint-Denis, et il était fâcheux
qu'il n'y fût pas. Il y a sous la rue Saint-Denis un
vieil égout en pierre qui date de Louis XIII
et qui va droit à l'égout collecteur dit Grand Égout,
avec un seul coude, à droite, à la hauteur de l'ancienne cour des Miracles, et un seul embranchement, l'égout Saint-Martin, dont les quatre bras
se coupent en croix. Mais le boyau de la Petite-

Truanderie dont l'entrée était près du cabaret de
Corinthe n'a jamais communiqué avec le souterrain
de la rue Saint-Denis; il aboutit à l'égout Montmartre et c'est là que Valjean était engagé. Là, les
occasions de se perdre abondaient. L'égout Montmartre est un des plus dédaléens du vieux réseau.
Heureusement Jean Valjean avait laissé derrière lui
l'égout des halles dont le plan géométral figure
une foule de mâts de perroquet enchevêtrés; mais
il avait devant lui plus d'une rencontre embar-
rassante et plus d'un coin de rue — car ce sont des
rues — s'offrant dans l'obscurité comme un point
d'interrogation : premièrement, à sa gauche, le
vaste égout Plâtrière, espèce de casse-tête chinois,
poussant et brouillant son chaos de T et de Z sous
l'hôtel des Postes et sous la rotonde de la halle aux
blés jusqu'à la Seine où il se termine en Y; deuxièmement, à sa droite, le corridor courbe de la rue
du Cadran avec ses trois dents qui sont autant
d'impasses; troisièmement, à sa gauche, l'embranchement du Mail, compliqué, presque à l'entrée, d'une espèce de fourche, et allant de zigzag
en zigzag aboutir à la grande crypte exutoire du
Louvre tronçonnée et ramifiée dans tous les sens;

enfin, à droite, le couloir cul-de-sac de la rue des Jeûneurs, sans compter de petits réduits çà et là, avant d'arriver à l'égout de ceinture, lequel seul pouvait le conduire à quelque issue assez lointaine pour être sûre.

Si Jean Valjean eût eu quelque notion de tout ce que nous indiquons ici, il se fût vite aperçu, rien qu'en tâtant la muraille, qu'il n'était pas dans la galerie souterraine de la rue Saint-Denis. Au lieu de la vieille pierre de taille, au lieu de l'ancienne architecture, hautaine et royale jusque dans l'égout, avec radier et assises courantes en granit et mortier de chaux grasse, laquelle coûtait huit cents livres la toise, il eût senti sous sa main le bon marché contemporain, l'expédient économique, la meulière à bain de mortier hydraulique sur couche de béton qui coûte deux cents francs le mètre, la maçonnerie bourgeoise dite à *petits matériaux;* mais il ne savait rien de tout cela.

Il allait devant lui, avec anxiété, mais avec calme, ne voyant rien, ne sachant rien, plongé dans le hasard, c'est-à-dire englouti dans la providence.

Par degrés, disons-le, quelque horreur le ga-

gnait. L'ombre qui l'enveloppait entrait dans son
esprit. Il marchait dans une énigme. Cet aqueduc
du cloaque est redoutable; il s'entre-croise vertigi-
neusement. C'est une chose lugubre d'être pris dans
ce Paris de ténèbres. Jean Valjean était obligé de
trouver et presque d'inventer sa route sans la voir.
Dans cet inconnu, chaque pas qu'il risquait pouvait être le dernier. Comment sortirait-il de là?
trouverait-il une issue? la trouverait-il à temps?
cette colossale éponge souterraine aux alvéoles de
pierre se laisserait-elle pénétrer et percer? y ren-
contrerait-on quelque nœud inattendu d'obscurité?
arriverait-on à l'inextricable et à l'infranchissable?
Marius y mourrait-il d'hémorragie, et lui de faim?
finiraient-ils par se perdre là tous les deux, et par
faire deux squelettes dans un coin de cette nuit? Il
l'ignorait. Il se demandait tout cela et ne pouvait
se répondre. L'intestin de Paris est un précipice.
Comme le prophète, il était dans le ventre du
monstre.

Il eut brusquement une surprise. A l'instant le
plus imprévu, et sans avoir cessé de marcher en
ligne droite, il s'aperçut qu'il ne montait plus;
l'eau du ruisseau lui battait les talons au lieu de

lui venir sur la pointe des pieds. L'égout maintenant descendait. Pourquoi? allait-il donc arriver
soudainement à la Seine? Ce danger était grand,
mais le péril de reculer l'était plus encore. Il continua d'avancer.

Ce n'était point vers la Seine qu'il allait. Le dos
d'âne que fait le sol de Paris sur la rive droite vide
un de ses versants dans la Seine et l'autre dans le
Grand Égout. La crête de ce dos d'âne qui déter-
mine la division des eaux dessine une ligne très-
capricieuse. Le point culminant, qui est le lieu de
partage des écoulements, est, dans l'égout Sainte-
Avoye, au delà de la rue Michel-le-Comte, dans
l'égout du Louvre, près des boulevards, et dans
l'égout Montmartre, près des halles. C'est à ce
point culminant que Jean Valjean était arrivé. Il se
dirigeait vers l'égout de ceinture; il était dans le
bon chemin. Mais il n'en savait rien.

Chaque fois qu'il rencontrait un embranchement,
il en tâtait les angles, et s'il trouvait l'ouverture
qui s'offrait moins large que le corridor où il était,
il n'entrait pas et continuait sa route, jugeant avec
raison que toute voie plus étroite devait aboutir à
un cul-de-sac et ne pouvait que l'éloigner du but,

c'est-à-dire de l'issue. Il évita ainsi le quadruple
piége qui lui était tendu dans l'obscurité par les
quatre dédales que nous venons d'énumérer.

A un certain moment il reconnut qu'il sortait de
dessous le Paris pétrifié par l'émeute, où les barricades avaient supprimé la circulation, et qu'il rentrait sous le Paris vivant et normal. Il eut subitement au-dessus de sa tête comme un bruit de
foudre, lointain, mais continu. C'était le roulement
des voitures.

Il marchait depuis une demi-heure environ, du
moins au calcul qu'il faisait lui-même, et n'avait
pas encore songé à se reposer ; seulement il avait
changé la main qui soutenait Marius. L'obscurité
était plus profonde que jamais, mais cette profondeur le rassurait.

Tout à coup il vit son ombre devant lui. Elle se
découpait sur une faible rougeur presque indistincte
qui empourprait vaguement le radier à ses pieds et
la voûte sur sa tête, et qui glissait à sa droite et à
sa gauche sur les deux murailles visqueuses du
corridor. Stupéfait, il se retourna.

Derrière lui, dans la partie du couloir qu'il
venait de dépasser, à une distance qui lui parut

immense, flamboyait, rayant l'épaisseur obscure, une sorte d'astre horrible qui avait l'air de le regarder.

C'était la sombre étoile de la police qui se levait dans l'égout.

Derrière cette étoile remuaient confusément huit ou dix formes noires, droites, indistinctes, terribles.

II

EXPLICATION

Dans la journée du 6 juin, une battue des égouts
avait été ordonnée. On craignit qu'ils ne fussent
pris pour refuge par les vaincus, et le préfet Gisquet dut fouiller le Paris occulte pendant que le
général Bugeaud balayait le Paris public; double
opération connexe qui exigea une double stratégie
de la force publique représentée en haut par l'armée et en bas par la police. Trois pelotons d'agents
et d'égoutiers explorèrent la voirie souterraine de

Paris, le premier, rive droite, le deuxième, rive
gauche, le troisième, dans la Cité.

Les agents étaient armés de carabines, de casse-
tête, d'épées et de poignards.

Ce qui était en ce moment dirigé sur Jean
Valjean, c'était la lanterne de la ronde de la rive
droite.

Cette ronde venait de visiter la galerie courbe
et les trois impasses qui sont sous la rue du Cadran. Pendant qu'elle promenait son falot au fond
de ces impasses, Jean Valjean avait rencontré sur
son chemin l'entrée de la galerie, l'avait reconnue
plus étroite que le couloir principal et n'y avait
point pénétré. Il avait passé outre. Les hommes de
police, en ressortant de la galerie du Cadran,
avaient cru entendre un bruit de pas dans la direction de l'égout de ceinture. C'étaient les pas de
Jean Valjean en effet. Le sergent chef de ronde
avait élevé sa lanterne, et l'escouade s'était mise à
regarder dans le brouillard du côté d'où était venu
le bruit.

Ce fut pour Jean Valjean une minute inexprimable.

Heureusement, s'il voyait bien la lanterne, la

lanterne le voyait mal. Elle était la lumière et
il était l'ombre. Il était très-loin, et mêlé à la
noirceur du lieu. Il se rencogna le long du mur
et s'arrêta.

Du reste, il ne se rendait pas compte de ce qui
se mouvait là derrière lui. L'insomnie, le défaut de
nourriture, les émotions, l'avaient fait passer, lui
aussi, à l'état visionnaire. Il voyait un flamboiement, et autour de ce flamboiement, des larves.
Qu'était-ce? Il ne comprenait pas.

Jean Valjean s'étant arrêté, le bruit avait cessé.

Les hommes de la ronde écoutaient et n'enten-
daient rien, ils regardaient et ne voyaient rien. Ils
se consultèrent.

Il y avait à cette époque sur ce point de l'égout
Montmartre une espèce de carrefour dit *de service*
qu'on a supprimé depuis à cause du petit lac intérieur qu'y formait, en s'y engorgeant dans les forts
orages, le torrent des eaux pluviales. La ronde put
se pelotonner dans ce carrefour.

Jean Valjean vit ces larves faire une sorte de
cercle. Ces têtes de dogues se rapprochèrent et
chuchotèrent.

Le résultat de ce conseil tenu par les chiens de

garde fut qu'on s'était trompé, qu'il n'y avait pas
eu de bruit, qu'il n'y avait là personne, qu'il était
inutile de s'engager dans l'égout de ceinture, que
ce serait du temps perdu, mais qu'il fallait se
hâter d'aller vers Saint-Merry, que s'il y avait
quelque chose à faire et quelque « bousingot » à
dépister, c'était dans ce quartier-là.

De temps en temps les partis remettent des
semelles neuves à leurs vieilles injures. En 1832,
le mot *bousingot* faisait l'intérim entre le mot *ja-
cobin* qui était éculé, et le mot *démagogue* alors
presque inusité et qui a fait depuis un si excellent
service.

Le sergent donna l'ordre d'obliquer à gauche
vers le versant de la Seine. S'ils eussent eu l'idée
de se diviser en deux escouades et d'aller dans les
deux sens, Jean Valjean était saisi. Cela tint à ce
fil. Il est probable que les instructions de la préfecture, prévoyant un cas de combat et les insurgés
en nombre, défendaient à la ronde de se morceler.
La ronde se remit en marche, laissant derrière elle
Jean Valjean. De tout ce mouvement, Jean Valjean
ne perçut rien sinon l'éclipse de la lanterne qui se
retourna subitement.

Avant de s'en aller, le sergent, pour l'acquit de
la conscience de la police, déchargea sa carabine
du côté qu'on abandonnait, dans la direction de
Jean Valjean. La détonation roula d'écho en écho
dans la crypte comme le borborygme de ce boyau
titanique. Un plâtras qui tomba dans le ruisseau et
fit clapoter l'eau à quelques pas de Jean Valjean,
l'avertit que la balle avait frappé la voûte au-dessus de sa tête.

Des pas mesurés et lents résonnèrent quelque
temps sur le radier, de plus en plus amortis par
l'augmentation progressive de l'éloignement, le
groupe des formes noires s'enfonça, une lueur os-
cilla et flotta, faisant à la voûte un cintre rougeâtre
qui décrut, puis disparut, le silence redevint profond, l'obscurité redevint complète, la cécité et la
surdité reprirent possession des ténèbres ; et Jean
Valjean, n'osant encore remuer, demeura longtemps
adossé au mur, l'oreille tendue, la prunelle dilatée,
regardant l'évanouissement de cette patrouille de
fantômes.

III

L'HOMME FILÉ

Il faut rendre à la police de ce temps-là cette justice que, même dans les plus graves conjonctures publiques, elle accomplissait imperturbablement son devoir de voirie et de surveillance. Une émeute n'était point à ses yeux un prétexte pour laisser aux malfaiteurs la bride sur le cou, et pour négliger la société par la raison que le gouvernement était en péril. Le service ordinaire se faisait correcte-

ment à travers le service extraordinaire, et n'en
était pas troublé. Au milieu d'un incalculable évé-
nement politique commencé, sous la pression d'une
révolution possible, sans se laisser distraire par
l'insurrection et la barricade, un agent « filait » un
voleur.

C'était précisément quelque chose de pareil qui
se passait dans l'après-midi du 6 juin au bord de
la Seine, sur la berge de la rive droite, un peu au
delà du pont des Invalides.

Il n'y a plus là de berge aujourd'hui. L'aspect
des lieux a changé.

Sur cette berge, deux hommes séparés par une
certaine distance semblaient s'observer, l'un évitant
l'autre. Celui qui allait en avant tâchait de s'éloigner, celui qui venait par derrière tâchait de se
rapprocher.

C'était comme une partie d'échecs qui se jouait
de loin et silencieusement. Ni l'un ni l'autre ne
semblait se presser, et ils marchaient lentement
tous les deux, comme si chacun d'eux craignait de
faire par trop de hâte doubler le pas à son parte-
naire.

On eût dit un appétit qui suit une proie, sans

avoir l'air de le faire exprès. La proie était sournoise
et se tenait sur ses gardes.

Les proportions voulues entre la fouine traquée
et le dogue traqueur étaient observées. Celui qui
tâchait d'échapper avait peu d'encolure et une ché-
tive mine ; celui qui tâchait d'empoigner, gaillard
de haute stature, était de rude aspect et devait être
de rude rencontre.

Le premier, se sentant le plus faible, évitait le
second ; mais il l'évitait d'une façon profondément
furieuse ; qui eût pu l'observer eût vu dans ses
yeux la sombre hostilité de la fuite, et toute la
menace qu'il y a dans la crainte.

La berge était solitaire ; il n'y avait point de
passants ; pas même de batelier ni de débardeur
dans les chalands amarrés çà et là.

On ne pouvait apercevoir aisément ces deux
hommes que du quai en face, et pour qui les eût
examinés à cette distance, l'homme qui allait devant eût apparu comme un être hérissé, déguenillé
et oblique, inquiet et grelottant sous une blouse en
haillons, et l'autre comme une personne classique
et officielle, portant la redingote de l'autorité boutonnée jusqu'au menton.

Le lecteur reconnaîtrait peut-être ces deux hommes, s'il les voyait de plus près.

Quel était le but du dernier?

Probablement d'arriver à vêtir le premier plus chaudement.

Quand un homme habillé par l'État poursuit un homme en guenilles, c'est afin d'en faire aussi un homme habillé par l'État. Seulement la couleur est toute la question. Être habillé de bleu, c'est glorieux ; être habillé de rouge, c'est désagréable.

Il y a une pourpre d'en bas.

C'est probablement quelque désagrément et quelque pourpre de ce genre que le premier désirait esquiver.

Si l'autre le laissait marcher devant et ne le saisissait pas encore, c'était, selon toute apparence, dans l'espoir de le voir aboutir à quelque rendez-vous significatif et à quelque groupe de bonne prise. Cette opération délicate s'appelle « la filature. »

Ce qui rend cette conjecture tout à fait probable, c'est que l'homme boutonné, apercevant de la berge sur le quai un fiacre qui passait à vide, fit signe au cocher ; le cocher comprit, reconnut évidemment à qui il avait affaire, tourna bride et se mit à suivre au pas du haut du quai les deux hommes. Ceci ne fut pas aperçu du personnage louche et déchiré qui allait en avant.

Le fiacre roulait le long des arbres des Champs-Élysées. On voyait passer au-dessus du parapet le buste du cocher, son fouet à la main.

Une des instructions secrètes de la police aux agents contient cet article : — « Avoir toujours à « portée une voiture de place, en cas. »

Tout en manœuvrant chacun de leur côté avec une stratégie irréprochable, ces deux hommes approchaient d'une rampe du quai descendant jus-qu'à la berge qui permettait alors aux cochers de fiacre arrivant de Passy de venir à la rivière faire boire leurs chevaux. Cette rampe a été supprimée depuis, pour la symétrie ; les chevaux crèvent de soif, mais l'œil est flatté.

Il était vraisemblable que l'homme en blouse allait monter par cette rampe afin d'essayer de s'échapper dans les Champs-Élysées, lieu orné d'arbres, mais en revanche fort croisé d'agents de police, et où l'autre aurait aisément main-forte.

Ce point du quai est fort peu éloigné de la mai-

son apportée de Moret à Paris en 1824 par le colonel Brack, et dite maison de François Ier. Un
corps de garde est là tout près.

A la grande surprise de son observateur, l'homme
traqué ne prit point par la rampe de l'abreuvoir. Il
continua de s'avancer sur la berge le long du
quai.

Sa position devenait visiblement critique.

A moins de se jeter dans la Seine, qu'allait-il
faire?

Aucun moyen désormais de remonter sur le
quai; plus de rampe et pas d'escalier; et l'on était
tout près de l'endroit, marqué par le coude de la
Seine vers le pont d'Iéna, où la berge, de plus en
plus rétrécie, finissait en langue mince et se perdait
sous l'eau. Là il allait inévitablement se trouver
bloqué entre le mur à pic à sa droite, la rivière à
gauche et en face, et l'autorité sur ses talons.

Il est vrai que cette fin de la berge était mas-
quée au regard par un monceau de déblais de six
à sept pieds de haut, produit d'on ne sait quelle
démolition. Mais cet homme espérait-il se cacher
utilement derrière ce tas de gravats qu'il suffisait
de tourner? L'expédient eût été puéril. Il n'y son-

geait certainement pas. L'innocence des voleurs ne va point jusque-là.

Le tas de déblais faisait au bord de l'eau une sorte d'éminence qui se prolongeait en promontoire jusqu'à la muraille du quai.

L'homme suivi arriva à cette petite colline et la doubla, de sorte qu'il cessa d'être aperçu par l'autre.

Celui-ci, ne voyant pas, n'était pas vu ; il en profita pour abandonner toute dissimulation et pour marcher très-rapidement. En quelques instants il fut au monceau de déblais et le tourna. Là, il s'arrêta stupéfait. L'homme qu'il chassait n'était plus là.

Éclipse totale de l'homme en blouse.

La berge n'avait guère à partir du monceau de déblais qu'une longueur d'une trentaine de pas, puis elle plongeait sous l'eau qui venait battre le mur du quai.

Le fuyard n'aurait pu se jeter à la Seine ni escalader le quai sans être vu par celui qui le suivait. Qu'était-il devenu ?

L'homme à la redingote boutonnée marcha jusqu'à l'extrémité de la berge, et y resta un moment

pensif, les poings convulsifs, l'œil furetant. Tout à
coup il se frappa le front. Il venait d'apercevoir,
au point où finissait la terre et où l'eau commençait, une grille de fer large et basse, cintrée, gar-
nie d'une épaisse serrure et de trois gonds massifs.
Cette grille, sorte de porte percée au bas du quai,
s'ouvrait sur la rivière autant que sur la berge. Un
ruisseau noirâtre passait dessous. Ce ruisseau se
dégorgeait dans la Seine.

Au delà de ses lourds barreaux rouillés on distinguait une sorte de corridor voûté et obscur.

L'homme croisa les bras et regarda la grille d'un
air de reproche.

Ce regard ne suffisant pas, il essaya de la pous-
ser ; il la secoua, elle résista solidement. Il était
probable qu'elle venait d'être ouverte, quoiqu'on
n'eût entendu aucun bruit, chose singulière d'une
grille si rouillée ; mais il était certain qu'elle avait
été refermée. Cela indiquait que celui devant qui
cette porte venait de tourner avait non un crochet,
mais une clef.

Cette évidence éclata tout de suite à l'esprit de
l'homme qui s'efforçait d'ébranler la grille et lui
arracha cet épiphonème indigné :

— Voilà qui est fort! une clef du gouvernement!

Puis, se calmant immédiatement, il exprima
tout un monde d'idées intérieur par cette bouffée
de monosyllabes accentués presque ironiquement :

— Tiens! tiens! tiens! tiens!

Cela dit, espérant on ne sait quoi, ou voir res-
sortir l'homme, ou en voir entrer d'autres, il se
posta aux aguets derrière le tas de déblais, avec la
rage patiente du chien d'arrêt.

De son côté, le fiacre, qui se réglait sur toutes
ses allures, avait fait halte au-dessus de lui près
du parapet. Le cocher, prévoyant une longue station. emboîta le museau de ses chevaux dans le sac
d'avoine humide en bas, si connu des parisiens,
auxquels les gouvernements, soit dit par paren-
thèse, le mettent quelquefois. Les rares passants
du pont d'Iéna, avant de s'éloigner, tournaient la
tête pour regarder un moment ces deux détails du
paysage immobiles, l'homme sur la berge, le fiacre
sur le quai.

IV

LUI AUSSI PORTE SA CROIX

Jean Valjean avait repris sa marche et ne s'était plus arrêté.

Cette marche était de plus en plus laborieuse. Le niveau de ces voûtes varie ; la hauteur moyenne est d'environ cinq pieds six pouces, et a été calculée pour la taille d'un homme ; Jean Valjean était forcé de se courber pour ne pas heurter Marius à la voûte ; il fallait à chaque instant se baisser, puis se redresser, tâter sans cesse le mur. La moiteur des pierres et la viscosité du radier en faisaient de mauvais points d'appui, soit pour la main, soit pour le pied. Il trébuchait dans le hideux fumier de la ville. Les reflets intermittents des soupiraux n'apparaissaient qu'à de très-longs intervalles, et si blêmes que le plein soleil y semblait clair de lune ; tout le reste était brouillard, miasme, opacité, noirceur. Jean Valjean avait faim et soif ; soif surtout ; et c'est là, comme la mer, un lieu plein d'eau où l'on ne peut boire. Sa force, qui était prodigieuse, on le sait, et fort peu diminuée par l'âge, grâce à sa vie chaste et sobre, commençait pourtant à fléchir. La fatigue lui venait, et la force en décroissant faisait croître le poids du fardeau. Marius, mort peut-être, pesait comme pèsent les corps inertes. Jean Valjean le soutenait de façon que la poitrine ne fût pas gênée et que la respiration pût toujours passer le mieux possible. Il sentait entre ses jambes le glissement rapide des rats. Un d'eux fut effaré au point de le mordre. Il lui venait de temps en temps par les bavettes des bouches de l'égout un souffle d'air frais qui le ranimait.

Il pouvait être trois heures de l'après-midi quand il arriva à l'égout de ceinture.

Il fut d'abord étonné de cet élargissement subit.
Il se trouva brusquement dans une galerie dont
ses mains étendues n'atteignaient point les deux
murs et sous une voûte que sa tête ne touchait pas.
Le Grand Égout en effet a huit pieds de large sur
sept de haut.

Au point où l'égout Montmartre rejoint le Grand
Égout, deux autres galeries souterraines, celle de
la rue de Provence et celle de l'Abattoir, viennent
faire un carrefour. Entre ces quatre voies, un moins
sagace eût été indécis. Jean Valjean prit la plus
large, c'est-à-dire l'égout de ceinture. Mais ici
revenait la question : descendre, ou monter ? Il
pensa que la situation pressait, et qu'il fallait,
à tout risque, gagner maintenant la Seine. En
d'autres termes, descendre. Il tourna à gauche.

Bien lui en prit. Car ce serait une erreur de
croire que l'égout de ceinture a deux issues, l'une
vers Bercy, l'autre vers Passy, et qu'il est, comme
l'indique son nom, la ceinture souterraine du Paris
de la rive droite. Le Grand Égout, qui n'est, il faut
s'en souvenir, autre chose que l'ancien ruisseau
Ménilmontant, aboutit, si on le remonte, à un cul-
de-sac, c'est-à-dire à son ancien point de départ,

qui fut sa source, au pied de la butte Ménilmontant. Il n'a point de communication directe avec
le branchement qui ramasse les eaux de Paris à
partir du quartier Popincourt, et qui se jette dans
la Seine par l'égout Amelot au-dessus de l'ancienne
île Louviers. Ce branchement, qui complète l'égout
collecteur, en est séparé, sous la rue Ménilmontant
même, par un massif qui marque le point de partage des eaux en amont et en aval. Si Jean Valjean
eût remonté la galerie, il fût arrivé, après mille
efforts, épuisé de fatigue, expirant, dans les ténèbres, à une muraille. Il était perdu.

A la rigueur, en revenant un peu sur ses pas,
en s'engageant dans le couloir des Filles-du-Calvaire, à la condition de ne pas hésiter à la patte
d'oie souterraine du carrefour Boucherat, en prenant le corridor Saint-Louis, puis, à gauche, le
boyau Saint-Gilles, puis en tournant à droite et en
évitant la galerie Saint-Sébastien, il eût pu gagner
l'égout Amelot, et de là, pourvu qu'il ne s'égarât
point dans l'espèce d'F qui est sous la Bastille,
atteindre l'issue sur la Seine près de l'Arsenal.
Mais, pour cela, il eût fallu connaître à fond, et
dans toutes ses ramifications et dans toutes ses

percées, l'énorme madrépore de l'égout. Or, nous devons y insister, il ne savait rien de cette voirie effrayante où il cheminait; et, si on lui eût demandé dans quoi il était, il eût répondu : dans de la nuit.

Son instinct le servit bien. Descendre, c'était en effet le salut possible.

Il laissa à sa droite les deux couloirs qui se ramifient en forme de griffe sous la rue Laffitte et la rue Saint-Georges et le long corridor bifurqué de la chaussée d'Antin.

Un peu au delà d'un affluent qui était vraisemblablement le branchement de la Madeleine, il fit halte. Il était très-las. Un soupirail assez large, probablement le regard de la rue d'Anjou, donnait une lumière presque vive. Jean Valjean, avec la douceur de mouvements qu'aurait un frère pour son frère blessé, déposa Marius sur la banquette de l'égout. La face sanglante de Marius apparut sous la lueur blanche du soupirail comme au fond d'une tombe. Il avait les yeux fermés, les cheveux appliqués aux tempes comme des pinceaux séchés dans de la couleur rouge, les mains pendantes et mortes, les membres froids, du sang coagulé au coin des

lèvres. Un caillot de sang s'était amassé dans le
nœud de la cravate; la chemise entrait dans les
plaies, le drap de l'habit frottait les coupures
béantes de la chair vive. Jean Valjean, écartant du
bout des doigts les vêtements, lui posa la main sur
la poitrine; le cœur battait encore. Jean Valjean
déchira sa chemise, banda les plaies le mieux qu'il
put et arrêta le sang qui coulait; puis, se penchant
dans ce demi-jour sur Marius toujours sans con-
naissance et presque sans souffle, il le regarda avec
une inexprimable haine.

En dérangeant les vêtements de Marius, il avait
trouvé dans les poches deux choses, le pain qui y
était oublié depuis la veille, et le portefeuille de
Marius. Il mangea le pain et ouvrit le portefeuille.
Sur la première page, il trouva les quatre lignes
écrites par Marius. On s'en souvient :

« Je m'appelle Marius Pontmercy. Porter mon
« cadavre chez mon grand-père M. Gillenor-
« mand, rue des Filles-du-Calvaire, n° 6, au
« Marais. »

Jean Valjean lut, à la clarté du soupirail, ces
quatre lignes, et resta un moment comme absorbé
en lui-même, répétant à demi-voix : rue des Filles-

du-Calvaire, numéro six, monsieur Gillenormand.
Il replaça le portefeuille dans la poche de Marius.
Il avait mangé, la force lui était revenue ; il reprit
Marius sur son dos, lui appuya soigneusement la
tête sur son épaule droite, et se remit à descendre
l'égout.

Le Grand Égout, dirigé selon le thalweg de la
vallée de Ménilmontant, a près de deux lieues de
long. Il est pavé sur une notable partie de son par-
cours.

Ce flambeau du nom des rues de Paris dont nous
éclairons pour le lecteur la marche souterraine de
Jean Valjean, Jean Valjean ne l'avait pas. Rien ne
lui disait quelle zone de la ville il traversait, ni quel
trajet il avait fait. Seulement la pâleur croissante
des flaques de lumière qu'il rencontrait de temps
en temps lui indiquait que le soleil se retirait du
pavé et que le jour ne tarderait pas à décliner ; et
le roulement des voitures au-dessus de sa tête, étant
devenu de continu intermittent, puis ayant presque
cessé, il en conclut qu'il n'était plus sous le Paris
central et qu'il approchait de quelque région solitaire, voisine des boulevards extérieurs ou des quais
extrêmes. Là où il y a moins de maisons et moins

de rues, l'égout a moins de soupiraux. L'obscurité s'épaississait autour de Jean Valjean. Il n'en continua pas moins d'avancer, tâtonnant dans l'ombre.

Cette ombre devint brusquement terrible.

V

POUR LE SABLE COMME POUR LA FEMME
IL Y A UNE FINESSE QUI EST PERFIDIE

Il sentit qu'il entrait dans l'eau, et qu'il avait sous ses pieds, non plus du pavé, mais de la vase.

Il arrive parfois, sur de certaines côtes de Bretagne ou d'Ecosse, qu'un homme, un voyageur ou un pêcheur, cheminant à marée basse sur la grève loin du rivage, s'aperçoit soudainement que depuis plusieurs minutes il marche avec quelque peine. La

plage est sous ses pieds comme de la poix; la se-
melle s'y attache; ce n'est plus du sable, c'est de
la glu. La grève est parfaitement sèche, mais à
chaque pas qu'on fait, dès qu'on a levé le pied,
l'empreinte qu'il laisse se remplit d'eau. L'œil, du
reste, ne s'est aperçu d'aucun changement; l'immense plage est unie et tranquille, tout le sable a
le même aspect, rien ne distingue le sol qui est solide du sol qui ne l'est plus; la petite nuée joyeuse
des pucerons de mer continue de sauter tumultueu-
sement sur les pieds du passant. L'homme suit sa
route, va devant lui, appuie vers la terre, tâche de
se rapprocher de la côte. Il n'est pas inquiet. Inquiet de quoi? Seulement, il sent quelque chose
comme si la lourdeur de ses pieds croissait à chaque
pas qu'il fait. Brusquement il enfonce. Il enfonce
de deux ou trois pouces. Décidément il n'est pas
dans la bonne route; il s'arrête pour s'orienter.
Tout à coup, il regarde à ses pieds. Ses pieds ont
disparu. Le sable les couvre. Il retire ses pieds du
sable, il veut revenir sur ses pas, il retourne en
arrière, il enfonce plus profondément. Le sable lui
vient à la cheville, il s'en arrache et se jette à
gauche, le sable lui vient à mi-jambes, il se jette

à droite, le sable lui vient aux jarrets. Alors il reconnaît avec une indicible terreur qu'il est engagé dans de la grève mouvante, et qu'il a sous lui le milieu effroyable où l'homme ne peut pas plus marcher que le poisson n'y peut nager. Il jette son fardeau s'il en a un, il s'allége comme un navire en détresse; il n'est déjà plus temps, le sable est au-dessus de ses genoux.

Il appelle, il agite son chapeau ou son mouchoir, le sable le gagne de plus en plus; si la grève est déserte, si la terre est trop loin, si le banc de sable est trop mal famé, s'il n'y a pas de héros dans les environs, c'est fini, il est condamné à l'enlizement. Il est condamné à cet épouvantable enterrement long, infaillible, implacable, impossible à retarder ni à hâter, qui dure des heures, qui n'en finit pas, qui vous prend debout, libre et en pleine santé, qui vous tire par les pieds, qui, à chaque effort que vous tentez, à chaque clameur que vous poussez, vous entraîne un peu plus bas, qui a l'air de vous punir de votre résistance par un redoublement d'étreinte, qui fait rentrer lentement l'homme dans la terre en lui laissant tout le temps de regarder l'horizon, les arbres, les campagnes vertes, les

fumées des villages dans la plaine, les voiles des
navires sur la mer, les oiseaux qui volent et qui
chantent, le soleil, le ciel. L'enlizement, c'est le
sépulcre qui se fait marée et qui monte du fond de
la terre vers un vivant. Chaque minute est une
ensevelisseuse inexorable. Le misérable essaye de
s'asseoir, de se coucher, de ramper; tous les mouvements qu'il fait l'enterrent; il se redresse, il enfonce; il se sent engloutir; il hurle, implore, crie
aux nuées, se tord les bras, désespère. Le voilà
dans le sable jusqu'au ventre; le sable atteint la
poitrine, il n'est plus qu'un buste. Il élève les
mains, jette des gémissements furieux, crispe ses
ongles sur la grève, veut se retenir à cette cendre,
s'appuie sur les coudes pour s'arracher à cette
gaîne molle, sanglote frénétiquement; le sable
monte. Le sable atteint les épaules, le sable atteint
le cou; la face seule est visible maintenant. La
bouche crie, le sable l'emplit; silence. Les yeux
regardent encore, le sable les ferme; nuit. Puis le
front décroît, un peu de chevelure frissonne au-
dessus du sable; une main sort, troue la surface
de la grève, remue et s'agite, et disparaît. Sinistre
effacement d'un homme.

Quelquefois le cavalier s'enlize avec le cheval ;
quelquefois le charretier s'enlize avec la charrette ;
tout sombre sous la grève. C'est le naufrage ailleurs que dans l'eau. C'est la terre noyant l'homme.
La terre, pénétrée d'océan, devient piége. Elle
s'offre comme une plaine et s'ouvre comme une
onde. L'abîme a de ces trahisons.

Cette funèbre aventure, toujours possible sur
telle ou telle plage de la mer, était possible aussi,
il y a trente ans, dans l'égout de Paris.

Avant les importants travaux commencés en
1833, la voirie souterraine de Paris était sujette à
des effondrements subits.

L'eau s'infiltrait dans de certains terrains sous-
jacents, particulièrement friables ; le radier, qu'il
fût de pavé, comme dans les anciens égouts, ou de
chaux hydraulique sur béton, comme dans les nouvelles galeries, n'ayant plus de point d'appui,
pliait. Un pli dans un plancher de ce genre, c'est
une fente, c'est l'écroulement. Le radier croulait
sur une certaine longueur. Cette crevasse, hiatus
d'un gouffre de bouc, s'appelait dans la langue spéciale *fontis*. Qu'est-ce qu'un fontis ? C'est le sable
mouvant des bords de la mer tout à coup rencontré

sous terre; c'est la grève du mont Saint-Michel dans un égout. Le sol, détrempé, est comme en fusion; toutes ses molécules sont en suspension dans un milieu mou; ce n'est pas de la terre et ce n'est pas de l'eau. Profondeur quelquefois très-grande. Rien de plus redoutable qu'une telle rencontre. Si l'eau domine, la mort est prompte, il y a engloutissement; si la terre domine, la mort est lente, il y a enlizement.

Se figure-t-on une telle mort? si l'enlizement est effroyable sur une grève de la mer, qu'est-ce dans le cloaque? Au lieu du plein air, de la pleine lumière, du grand jour, de ce clair horizon, de ces vastes bruits, de ces libres nuages d'où pleut la vie, de ces barques aperçues au loin, de cette espérance sous toutes les formes, des passants probables, du secours possible jusqu'à la dernière minute, au lieu de tout cela, la surdité, l'aveuglement, une voûte noire, un dedans de tombe déjà tout fait, la mort dans la bourbe sous un couvercle! l'étouffement lent par l'immondice, une boîte de pierre où l'asphyxie ouvre sa griffe dans la fange et vous prend à la gorge; la fétidité mêlée au râle; la vase au lieu de la grève, l'hydrogène sulfuré au lieu de

l'ouragan, l'ordure au lieu de l'océan! et appeler,
et grincer des dents, et se tordre, et se débattre, et
agoniser, avec cette ville énorme qui n'en sait rien,
et qu'on a au-dessus de sa tête !

Inexprimable horreur de mourir ainsi! La mort
rachète quelquefois son atrocité par une certaine
dignité terrible. Sur le bûcher, dans le naufrage,
on peut être grand; dans la flamme comme dans
l'écume, une attitude superbe est possible ; on s'y
transfigure en s'y abîmant. Mais ici point. La mort
est malpropre. Il est humiliant d'expirer. Les su-
prèmes visions flottantes sont abjectes. Boue est
synonyme de honte. C'est petit, laid, infâme. Mourir
dans une tonne de malvoisie, comme Clarence, soit;
dans la fosse du boueur, comme d'Escoubleau,
c'est horrible. Se débattre là dedans est hideux ;
en même temps qu'on agonise, on patauge. Il y a
assez de ténèbres pour que ce soit l'enfer, et assez
de fange pour que ce ne soit que le bourbier, et le
mourant ne sait pas s'il va devenir spectre ou s'il
va devenir crapaud.

Partout ailleurs le sépulcre est sinistre; ici il est
difforme.

La profondeur des fontis variait, et leur lon-

gueur, et leur densité, en raison de la plus ou moins
mauvaise qualité du sous-sol. Parfois un fontis était
profond de trois ou quatre pieds, parfois de huit
ou dix ; quelquefois on ne trouvait pas le fond. La
vase était ici presque solide, là presque liquide.
Dans le fontis Lunière, un homme eût mis un jour
à disparaître, tandis qu'il eût été dévoré en cinq
minutes par le bourbier Phélippeaux. La vase porte
plus ou moins selon son plus ou moins de densité.
Un enfant se sauve où un homme se perd. La première loi de salut, c'est de se dépouiller de toute
espèce de chargement. Jeter son sac d'outils, ou sa
hotte ou son auge, c'était par là que commençait
tout égoutier qui sentait le sol fléchir sous lui.

Les fontis avaient des causes diverses : friabilité
du sol ; quelque éboulement à une profondeur hors
de la portée de l'homme ; les violentes averses de
l'été ; l'ondée incessante de l'hiver ; les longues
petites pluies fines. Parfois le poids des maisons
environnantes sur un terrain marneux ou sablon-
neux chassait les voûtes des galeries souterraines
et les faisait gauchir, ou bien il arrivait que le radier éclatait et se fendait sous cette écrasante pous-
sée. Le tassement du Panthéon a oblitéré de cette

façon, il y a un siècle, une partie des caves de la
montagne Sainte-Geneviève. Quand un égout s'effondrait sous la pression des maisons, le désordre,
dans certaines occasions, se traduisait en haut dans
la rue par une espèce d'écart en dents de scie entre
les pavés; cette déchirure se développait en ligne
serpentante dans toute la longueur de la voûte
lézardée, et alors, le mal étant visible, le remède
pouvait être prompt. Il advenait aussi que souvent
le ravage intérieur ne se révélait par aucune balafre
au dehors. Et, dans ce cas-là, malheur aux égoutiers. Entrant sans précaution dans l'égout défoncé,
ils pouvaient s'y perdre. Les anciens registres font
mention de quelques puisatiers ensevelis de la sorte
dans les fontis. Ils donnent plusieurs noms; entre
autres celui de l'égoutier qui s'enliza dans un effondrement sous le cagnard de la rue Carême-Prenant,
un nommé Blaise Poutrain; ce Blaise Poutrain était
frère de Nicolas Poutrain qui fut le dernier fos-
soyeur du cimetière dit Charnier des Innocents en
1785, époque où ce cimetière mourut.

Il y eut aussi ce jeune et charmant vicomte
d'Escoubleau dont nous venons de parler, l'un des
héros du siége de Lérida où l'on donna l'assaut,

en bas de soie, violons en tête. D'Escoubleau, surpris une nuit chez sa cousine, la duchesse de Sourdis, se noya dans une fondrière de l'égout Beau-
treillis où il s'était réfugié pour échapper au duc.
Madame de Sourdis, quand on lui raconta cette
mort, demanda son flacon, et oublia de pleurer à
force de respirer des sels. En pareil cas, il n'y a
pas d'amour qui tienne; le cloaque l'éteint. Héro
refuse de laver le cadavre de Léandre. Thisbé se
bouche le nez devant Pyrame et dit : Pouah !

VI

LE FONTIS

Jean Valjean se trouvait en présence d'un fontis.

Ce genre d'écroulement était alors fréquent dans le sous-sol des Champs-Élysées, difficilement maniable aux travaux hydrauliques et peu conservateur des constructions souterraines, à cause de son excessive fluidité. Cette fluidité dépasse l'inconsistance des sables même du quartier Saint-Georges,

qui n'ont pu être vaincus que par un enrochement
sur béton, et des couches glaiseuses infectées de
gaz du quartier des Martyrs, si liquides que le
passage n'a pu être pratiqué sous la galerie des
Martyrs qu'au moyen d'un tuyau en fonte. Lorsqu'en 1836 on a démoli, sous le faubourg Saint-
Honoré, pour le reconstruire, le vieil égout en
pierre où nous voyons en ce moment Jean Valjean engagé, le sable mouvant, qui est le sous-sol
des Champs-Élysées jusqu'à la Seine, fit obstacle
au point que l'opération dura près de six mois, au
grand récri des riverains, surtout des riverains à
hôtels et à carrosses. Les travaux furent plus que
malaisés; ils furent dangereux. Il est vrai qu'il y
eut quatre mois et demi de pluie et trois crues de
la Seine.

Le fontis que Jean Valjean rencontrait avait pour
cause l'averse de la veille. Un fléchissement du
pavé mal soutenu par le sable sous-jacent avait
produit un engorgement d'eau pluviale. L'infiltra-
tion s'étant faite, l'effondrement avait suivi. Le
radier, disloqué, s'était affaissé dans la vase. Sur
quelle longueur? Impossible de le dire. L'obscurité était là plus épaisse que partout ailleurs.

C'était un trou de boue dans une caverne de nuit.

Jean Valjean sentit le pavé se dérober sous lui.
Il entra dans cette fange. C'était de l'eau à la surface, de la vase au fond. Il fallait bien passer.
Revenir sur ses pas était impossible. Marius était
expirant, et Jean Valjean exténué. Où aller d'ailleurs? Jean Valjean avança. Du reste la fondrière
parut peu profonde aux premiers pas. Mais à mesure qu'il avançait, ses pieds plongeaient. Il eut
bientôt de la vase jusqu'à mi-jambes et de l'eau
plus haut que les genoux. Il marchait, exhaussant
de ses deux bras Marius le plus qu'il pouvait au-
dessus de l'eau. La vase lui venait maintenant
aux jarrets et l'eau à la ceinture. Il ne pouvait déjà
plus reculer. Il enfonçait de plus en plus. Cette
vase, assez dense pour le poids d'un homme, ne
pouvait évidemment en porter deux. Marius et
Jean Valjean eussent eu chance de s'en tirer isolé-
ment. Jean Valjean continua d'avancer, soutenant
ce mourant qui était un cadavre peut-être.

L'eau lui venait aux aisselles; il se sentait som-
brer; c'est à peine s'il pouvait se mouvoir dans la
profondeur de bourbe où il était. La densité, qui
était le soutien, était aussi l'obstacle. Il soulevait

toujours Marius, et, avec une dépense de force
inouïe, il avançait; mais il enfonçait. Il n'avait
plus que la tête hors de l'eau, et ses deux bras
élevant Marius. Il y a, dans les vieilles peintures
du déluge, une mère qui fait ainsi de son enfant.

Il enfonça encore, il renversa sa face en arrière
pour échapper à l'eau et pouvoir respirer; qui
l'eût vu dans cette obscurité eût cru voir un masque
flottant sur de l'ombre; il apercevait vaguement
au-dessus de lui la tête pendante et le visage livide de Marius; il fit un effort désespéré, et lança
son pied en avant; son pied heurta on ne sait quoi
de solide : un point d'appui. Il était temps.

Il se dressa et se tordit et s'enracina avec une
sorte de furie sur ce point d'appui. Cela lui fit l'effet de la première marche d'un escalier remontant
à la vie.

Ce point d'appui, rencontré dans la vase au
moment suprême, était le commencement de l'autre
versant du radier, qui avait plié sans se briser et
s'était courbé sous l'eau comme une planche et
d'un seul morceau. Les pavages bien construits
font voûte et ont de ces fermetés-là. Ce fragment
du radier, submergé en partie, mais solide, était

une véritable rampe, et, une fois sur cette rampe,
on était sauvé. Jean Valjean remonta ce plan incliné et arriva de l'autre côté de la fondrière.

En sortant de l'eau, il se heurta à une pierre et
tomba sur les genoux. Il trouva que c'était juste, et
y resta quelque temps, l'âme abîmée dans on ne
sait quelle parole à Dieu.

Il se redressa, frissonnant, glacé, infect, courbé
sous ce mourant qu'il traînait, tout ruisselant de
fange, l'âme pleine d'une étrange clarté.

VII

QUELQUEFOIS ON ÉCHOUE OU L'ON CROIT
DÉBARQUER

Il se remit en route encore une fois.

Du reste, s'il n'avait pas laissé sa vie dans le fontis, il semblait y avoir laissé sa force. Ce suprême effort l'avait épuisé. Sa lassitude était maintenant telle, que tous les trois ou quatre pas il était obligé de reprendre haleine, et s'appuyait au mur. Une fois il dut s'asseoir sur la banquette pour

changer la position de Marius, et il crut qu'il
demeurerait là. Mais si sa vigueur était morte, son
énergie ne l'était point. Il se releva.

Il marcha désespérément, presque vite, fit ainsi
une centaine de pas, sans dresser la tête, presque
sans respirer, et tout à coup se cogna au mur. Il
était parvenu à un coude de l'égout, et, en arrivant
tête basse au tournant, il avait rencontré la muraille. Il leva les yeux, et à l'extrémité du souterrain, là-bas devant lui, loin, très-loin, il aperçut
une lumière. Cette fois, ce n'était pas la lumière
terrible; c'était la lumière bonne et blanche. C'était
le jour.

Jean Valjean voyait l'issue.

Une âme damnée qui, du milieu de la fournaise,
apercevrait tout à coup la sortie de la géhenne,
éprouverait ce qu'éprouva Jean Valjean. Elle vole-
rait éperdument avec le moignon de ses ailes brûlées vers la porte radieuse. Jean Valjean ne sentit
plus la fatigue, il ne sentit plus le poids de Marius,
il retrouva ses jarrets d'acier, il courut plus qu'il
ne marcha. A mesure qu'il approchait, l'issue se
dessinait de plus en plus distinctement. C'était une
arche cintrée, moins haute que la voûte qui se

restreignait par degrés et moins large que la galerie
qui se resserrait en même temps que la voûte
s'abaissait. Le tunnel finissait en intérieur d'enton-
noir; rétrécissement vicieux, imité des guichets de
maisons de force, logique dans une prison, illo-
gique dans un égout, et qui a été corrigé depuis.

Jean Valjean arriva à l'issue.

Là, il s'arrêta.

C'était bien la sortie, mais on ne pouvait sortir.

L'arche était fermée d'une forte grille, et la
grille, qui, selon toute apparence, tournait rare-
ment sur ses gonds oxydés, était assujettie à son
chambranle de pierre par une serrure épaisse qui,
rouge de rouille, semblait une énorme brique. On
voyait le trou de la clef, et le pêne robuste profondément plongé dans la gâche de fer. La serrure
était visiblement fermée à double tour. C'était une
de ces serrures de Bastilles que le vieux Paris
prodiguait volontiers.

Au delà de la grille, le grand air, la rivière, le
jour, la berge très-étroite, mais suffisante pour s'en
aller. Les quais lointains, Paris, ce gouffre où l'on
se dérobe si aisément, le large horizon, la liberté.
On distinguait à droite, en aval, le pont d'Iéna, et

à gauche, en amont, le pont des Invalides; l'endroit eût été propice pour attendre la nuit et s'évader. C'était un des points les plus solitaires de Paris; la berge qui fait face au Gros-Caillou. Les mouches entraient et sortaient à travers les barreaux de la grille.

Il pouvait être huit heures et demie du soir. Le jour baissait.

Jean Valjean déposa Marius le long du mur sur la partie sèche du radier, puis marcha à la grille et crispa ses deux poings sur les barreaux; la secousse fut frénétique, l'ébranlement nul. La grille ne bougea pas. Jean Valjean saisit les barreaux l'un après l'autre, espérant pouvoir arracher le moins solide et s'en faire un levier pour soulever la porte ou pour briser la serrure. Aucun barreau ne remua. Les dents d'un tigre ne sont pas plus solides dans leurs alvéoles. Pas de levier; pas de pesée possible. L'obstacle était invincible. Aucun moyen d'ouvrir la porte.

Fallait-il donc finir là? Que faire? que devenir? rétrograder; recommencer le trajet effrayant qu'il avait déjà parcouru; il n'en avait pas la force. D'ailleurs, comment traverser de nouveau cette

fondrière d'où l'on ne s'était tiré que par miracle ?
Et après la fondrière, n'y avait-il pas cette ronde
de police à laquelle, certes, on n'échapperait pas
deux fois ? Et puis où aller ? quelle direction prendre ?
suivre la pente, ce n'était point aller au but.
Arrivât-on à une autre issue, on la trouverait
obstruée d'un tampon ou d'une grille. Toutes les
sorties étaient indubitablement closes de cette
façon. Le hasard avait descellé la grille par laquelle
on était entré, mais évidemment toutes les autres
bouches de l'égout étaient fermées. On n'avait
réussi qu'à s'évader dans une prison.

C'était fini. Tout ce qu'avait fait Jean Valjean
était inutile. L'épuisement aboutissait à l'avorte-
ment.

Ils étaient pris l'un et l'autre dans la sombre et
immense toile de la mort, et Jean Valjean sentait
courir sur ces fils noirs tressaillant dans les ténèbres l'épouvantable araignée.

Il tourna le dos à la grille, et tomba sur le pavé,
plutôt terrassé qu'assis, près de Marius toujours
sans mouvement, et sa tête s'affaissa entre ses
genoux. Pas d'issue. C'était la dernière goutte de
l'angoisse.

A qui songeait-il dans ce profond accablement? Ni à lui-même, ni à Marius. Il pensait à
Cosette.

VIII

LE PAN DE L'HABIT DÉCHIRÉ

Au milieu de cet anéantissement, une main se
posa sur son épaule, et une voix qui parlait bas
lui dit :

— Part à deux.

Quelqu'un dans cette ombre? Rien ne ressemble
au rêve comme le désespoir, Jean Valjean crut
rêver. Il n'avait point entendu de pas. Était-ce
possible? il leva les yeux.

Un homme était devant lui.

Cet homme était vêtu d'une blouse ; il avait les pieds nus ; il tenait ses souliers dans sa main gauche ; il les avait évidemment ôtés pour pouvoir arriver jusqu'à Jean Valjean, sans qu'on l'entendît marcher.

Jean Valjean n'eut pas un moment d'hésitation. Si imprévue que fût la rencontre, cet homme lui était connu. Cet homme était Thénardier.

Quoique réveillé, pour ainsi dire, en sursaut, Jean Valjean, habitué aux alertes et aguerri aux coups inattendus qu'il faut parer vite, reprit possession sur-le-champ de toute sa présence d'esprit. D'ailleurs la situation ne pouvait empirer, un certain degré de détresse n'est plus capable de crescendo, et Thénardier lui-même ne pouvait ajouter de la noirceur à cette nuit.

Il y eut un instant d'attente.

Thénardier, élevant sa main droite à la hauteur de son front, s'en fit un abat-jour, puis il rapprocha les sourcils en clignant les yeux, ce qui, avec un léger pincement de la bouche, caractérise l'attention sagace d'un homme qui cherche à en reconnaître un autre. Il n'y réussit point. Jean Val-

jean, on vient de le dire, tournait le dos au jour,
et était d'ailleurs si défiguré, si fangeux et si sanglant qu'en plein midi il eût été méconnaissable.
Au contraire, éclairé de face par la lumière de la
grille, clarté de cave, il est vrai, livide, mais pré-
cise dans sa lividité, Thénardier, comme dit l'énergique métaphore banale, sauta tout de suite aux
yeux de Jean Valjean. Cette inégalité de conditions
suffisait pour assurer quelque avantage à Jean
Valjean dans ce mystérieux duel qui allait s'engager entre les deux situations et les deux hommes.
La rencontre avait lieu entre Jean Valjean voilé et
Thénardier démasqué.

Jean Valjean s'aperçut tout de suite que Thénardier ne le reconnaissait pas.

Ils se considérèrent un moment dans cette
pénombre, comme s'ils se prenaient mesure. Thénardier rompit le premier le silence.

— Comment vas-tu faire pour sortir?

Jean Valjean ne répondit pas.

Thénardier continua :

— Impossible de crocheter la porte. Il faut
pourtant que tu t'en ailles d'ici.

— C'est vrai, dit Jean Valjean.

— Eh bien, part à deux.

— Que veux-tu dire?

— Tu as tué l'homme; c'est bien. Moi, j'ai la clef.

Thénardier montrait du doigt Marius. Il poursuivit :

— Je ne te connais pas, mais je veux t'aider. Tu dois être un ami.

Jean Valjean commença à comprendre. Thénardier le prenait pour un assassin.

Thénardier reprit :

— Écoute, camarade. Tu n'as pas tué cet homme sans regarder ce qu'il avait dans ses poches. Donne-moi ma moitié. Je t'ouvre la porte.

Et, tirant à demi une grosse clef de dessous sa blouse toute trouée, il ajouta :

— Veux-tu voir comment est faite la clef des champs? Voilà.

Jean Valjean « demeura stupide, » le mot est du vieux Corneille, au point de douter que ce qu'il voyait fût réel. C'était la providence apparaissant horrible, et le bon ange sortant de terre sous la forme de Thénardier.

Thénardier fourra son poing dans une large

poche cachée sous sa blouse, en tira une corde et la tendit à Jean Valjean.

— Tiens, dit-il, je te donne la corde par-dessus le marché.

— Pourquoi faire, une corde?

— Il te faut aussi une pierre, mais tu en trouveras dehors. Il y a là un tas de gravats.

— Pourquoi faire, une pierre?

— Imbécile, puisque tu vas jeter le pantre à la rivière, il te faut une pierre et une corde, sans quoi ça flotterait sur l'eau.

Jean Valjean prit la corde. Il n'est personne qui n'ait de ces acceptations machinales.

Thénardier fit claquer ses doigts comme à l'arrivée d'une idée subite :

— Ah çà, camarade, comment as-tu fait pour te tirer là-bas de la fondrière? je n'ai pas osé m'y risquer. Peuh! tu ne sens pas bon.

Après une pause, il ajouta :

— Je te fais des questions, mais tu as raison de ne pas y répondre. C'est un apprentissage pour le fichu quart d'heure du juge d'instruction. Et puis en ne parlant pas du tout, on ne risque pas de parler trop haut. C'est égal, parce que je ne vois

pas ta figure et parce que je ne sais pas ton nom,
tu aurais tort de croire que je ne sais pas qui tu es
et ce que tu veux. Connu. Tu as un peu cassé ce
monsieur ; maintenant tu voudrais le serrer quelque part. Il te faut la rivière, le grand cache-sot-
tise. Je vas te tirer d'embarras. Aider un bon
garçon dans la peine, ça me botte.

Tout en approuvant Jean Valjean de se taire,
il cherchait visiblement à le faire parler. Il lui
poussa l'épaule, de façon à tâcher de le voir de
profil, et s'écria sans sortir pourtant du médium
où il maintenait sa voix :

— A propos de la fondrière, tu es un fier animal. Pourquoi n'y as-tu pas jeté l'homme ?

Jean Valjean garda le silence.

Thénardier reprit en haussant jusqu'à sa pomme
d'Adam la loque qui lui servait de cravate, geste
qui complète l'air capable d'un homme sérieux :

— Au fait, tu as peut-être agi sagement. Les
ouvriers demain en venant boucher le trou au-
raient, à coup sûr, trouvé le pantinois oublié là,
et on aurait pu fil à fil, brin à brin, pincer la trace,
et arriver jusqu'à toi. Quelqu'un a passé par l'é-
gout. Qui ? par où est-il sorti ? l'a-t-on vu sortir ?

La police est pleine d'esprit. L'égout est traître et
vous dénonce. Une telle trouvaille est une rareté,
cela appelle l'attention, peu de gens se servent de
l'égout pour leurs affaires, tandis que la rivière est
à tout le monde. La rivière, c'est la vraie fosse.
Au bout d'un mois, on vous repêche l'homme aux
filets de Saint-Cloud. Eh bien, qu'est-ce que cela
fiche? c'est une charogne, quoi! Qui a tué cet
homme? Paris. Et la justice n'informe même pas.
Tu as bien fait.

Plus Thénardier était loquace, plus Jean Valjean était muet. Thénardier lui secoua de nouveau
l'épaule.

— Maintenant, concluons l'affaire. Partageons.
Tu as vu ma clef, montre-moi ton argent.

Thénardier était hagard, fauve, louche, un peu
menaçant, pourtant amical.

Il y avait une chose étrange; les allures de Thénardier n'étaient pas simples; il n'avait pas l'air
tout à fait à son aise; tout en n'affectant pas d'air
mystérieux, il parlait bas; de temps en temps il
mettait son doigt sur sa bouche et murmurait:
chut! Il était difficile de deviner pourquoi. Il n'y
avait là personne qu'eux deux. Jean Valjean pensa

que d'autres bandits étaient peut-être cachés dans quelque recoin, pas très-loin, et que Thénardier ne se souciait pas de partager avec eux.

Thénardier reprit :

— Finissons. Combien le pantre avait-il dans ses profondes?

Jean Valjean se fouilla.

C'était, on s'en souvient, son habitude d'avoir toujours de l'argent sur lui. La sombre vie d'ex-pédient à laquelle il était condamné lui en faisait une loi. Cette fois pourtant il était pris au dé-pourvu. En mettant, la veille au soir, son uniforme de garde national, il avait oublié, lugubrement absorbé qu'il était, d'emporter son portefeuille. Il n'avait que quelque monnaie dans le gousset de son gilet. Il retourna sa poche, toute trempée de fange, et étala sur la banquette du radier un louis d'or, deux pièces de cinq francs et cinq ou six gros sous.

Thénardier avança la lèvre inférieure avec une torsion de cou significative.

— Tu l'as tué pour pas cher, dit-il.

Il se mit à palper, en toute familiarité, les poches de Jean Valjean et les poches de Marius. Jean

Valjean, préoccupé surtout de tourner le dos au jour, le laissait faire. Tout en maniant l'habit de Marius, Thénardier, avec une dextérité d'escamoteur, trouva moyen d'en arracher, sans que Jean Valjean s'en aperçût, un lambeau qu'il cacha sous sa blouse, pensant probablement que ce morceau d'étoffe pourrait lui servir plus tard à reconnaître l'homme assassiné et l'assassin. Il ne trouva du reste rien de plus que les trente francs.

— C'est vrai, dit-il, l'un portant l'autre, vous n'avez pas plus que ça.

Et, oubliant son mot : *part à deux,* il prit tout.

Il hésita un peu devant les gros sous. Réflexion faite, il les prit aussi en grommelant :

— N'importe ! c'est suriner les gens à trop bon marché.

Cela fait, il tira de nouveau la clef de dessous sa blouse.

— Maintenant, l'ami, il faut que tu sortes. C'est ici comme à la foire, on paye en sortant. Tu as payé, sors.

Et il se mit à rire.

Avait-il, en apportant à un inconnu l'aide de cette clef et en faisant sortir par cette porte un

autre que lui, l'intention pure et désintéressée de
sauver un assassin, c'est ce dont il est permis de
douter.

Thénardier aida Jean Valjean à replacer Marius
sur ses épaules, puis il se dirigea vers la grille sur
la pointe de ses pieds nus, faisant signe à Jean
Valjean de le suivre, il regarda au dehors, posa le
doigt sur sa bouche, et demeura quelques secondes
comme en suspens; l'inspection faite, il mit la clef
dans la serrure. Le pêne glissa et la porte tourna.
Il n'y eut ni craquement, ni grincement. Cela se
fit très-doucement. Il était visible que cette grille
et ces gonds, huilés avec soin, s'ouvraient plus
souvent qu'on ne l'eût pensé. Cette douceur était
sinistre ; on y sentait les allées et venues furtives,
les entrées et les sorties silencieuses des hommes
nocturnes, et les pas de loup du crime. L'égout
était évidemment en complicité avec quelque
bande mystérieuse. Cette grille taciturne était une
recéleuse.

Thénardier entre-bâilla la porte, livra tout juste
passage à Jean Valjean, referma la grille, tourna
deux fois la clef dans la serrure et replongea dans
l'obscurité, sans faire plus de bruit qu'un souffle.

Il semblait marcher avec les pattes de velours du tigre. Un moment après, cette hideuse providence était rentrée dans l'invisible.

Jean Valjean se trouva dehors.

IX

MARIUS FAIT L'EFFET D'ÊTRE MORT A QUELQU'UN
QUI S'Y CONNAIT

Il laissa glisser Marius sur la berge.

Ils étaient dehors !

Les miasmes, l'obscurité, l'horreur, étaient derrière lui. L'air salubre, pur, vivant, joyeux, libre-
ment respirable, l'inondait. Partout autour de lui
le silence, mais le silence charmant du soleil couché en plein azur. Le crépuscule s'était fait ; la nuit

venait, la grande libératrice, l'amie de tous ceux
qui ont besoin d'un manteau d'ombre pour sortir
d'une angoisse. Le ciel s'offrait de toutes parts
comme un calme énorme. La rivière arrivait à ses
pieds avec le bruit d'un baiser. On entendait le
dialogue aérien des nids qui se disaient bonsoir
dans les ormes des Champs-Élysées. Quelques
étoiles, piquant faiblement le bleu pâle du zénith
et visibles à la seule rêverie, faisaient dans l'immensité de petits resplendissements imperceptibles.
Le soir déployait sur la tête de Jean Valjean toutes
les douceurs de l'infini.

C'était l'heure indécise et exquise qui ne dit ni
oui ni non. Il y avait déjà assez de nuit pour qu'on
pût s'y perdre à quelque distance, et encore assez
de jour pour qu'on pût s'y reconnaître de près.

Jean Valjean fut pendant quelques secondes irrésistiblement vaincu par toute cette sérénité auguste
et caressante; il y a de ces minutes d'oubli; la
souffrance renonce à harceler le misérable; tout
s'éclipse dans la pensée; la paix couvre le songeur
comme une nuit; et, sous le crépuscule qui rayonne,
et à l'imitation du ciel qui s'illumine, l'âme s'étoile.
Jean Valjean ne put s'empêcher de contempler cette

vaste ombre claire qu'il avait au-dessus de lui;
pensif, il prenait dans le majestueux silence du
ciel éternel un bain d'extase et de prière. Puis,
vivement, comme si le sentiment d'un devoir lui
revenait, il se courba vers Marius, et, puisant de
l'eau dans le creux de sa main, il lui en jeta doucement quelques gouttes sur le visage. Les paupières de Marius ne se soulevèrent pas ; cependant
sa bouche entr'ouverte respirait.

Jean Valjean allait plonger de nouveau sa main
dans la rivière, quand tout à coup il sentit je ne
sais quelle gêne, comme lorsqu'on a, sans le voir,
quelqu'un derrière soi.

Nous avons déjà indiqué ailleurs cette impression, que tout le monde connaît.

Il se retourna.

Comme tout à l'heure, quelqu'un en effet était
derrière lui.

Un homme de haute stature, enveloppé d'une
longue redingote, les bras croisés, et portant dans
son poing droit un casse-tête dont on voyait la
pomme de plomb, se tenait debout à quelques pas
en arrière de Jean Valjean accroupi sur Marius.

C'était, l'ombre aidant, une sorte d'apparition.

Un homme simple en eût eu peur à cause du crépuscule, et un homme réfléchi à cause du casse-tête.

Jean Valjean reconnut Javert.

Le lecteur a deviné sans doute que le traqueur de Thénardier n'était autre que Javert. Javert, après sa sortie inespérée de la barricade, était allé à la préfecture de police, avait rendu verbalement compte au préfet en personne, dans une courte audience, puis avait repris immédiatement son service, qui impliquait, on se souvient de la note saisie sur lui, — une certaine surveillance de la berge de la rive droite aux Champs-Élysées, laquelle depuis un certain temps éveillait l'attention de la police. Là, il avait aperçu Thénardier et l'avait suivi. On sait le reste.

On comprend aussi que cette grille, si obligeamment ouverte devant Jean Valjean, était une habileté de Thénardier. Thénardier sentait Javert toujours là; l'homme guetté a un flair qui ne le trompe pas; il fallait jeter un os à ce limier. Un assassin, quelle aubaine ! C'était la part du feu, qu'il ne faut jamais refuser. Thénardier, en mettant dehors Jean Valjean à sa place, donnait une proie à la police, lui

faisait lâcher sa piste, se faisait oublier dans une
plus grosse aventure, récompensait Javert de son
attente, ce qui flatte toujours un espion, gagnait
trente francs, et comptait bien, quant à lui, s'échapper à l'aide de cette diversion.

Jean Valjean était passé d'un écueil à l'autre.

Ces deux rencontres coup sur coup, tomber de
Thénardier en Javert, c'était rude.

Javert ne reconnut pas Jean Valjean qui, nous
l'avons dit, ne se ressemblait plus à lui-même. Il
ne décroisa pas les bras, assura son casse-tête dans
son poing par un mouvement imperceptible, et dit
d'une voix brève et calme :

— Qui êtes-vous ?

— Moi.

— Qui, vous ?

— Jean Valjean.

Javert mit le casse-tête entre ses dents, ploya les
jarrets, inclina le torse, posa ses deux mains puis-
santes sur les épaules de Jean Valjean, qui s'y em-
boîtèrent comme dans deux étaux, l'examina, et le
reconnut. Leurs visages se touchaient presque. Le
regard de Javert était terrible.

Jean Valjean demeura inerte sous l'étreinte de

Javert comme un lion qui consentirait à la griffe
d'un lynx.

— Inspecteur Javert, dit-il, vous me tenez.
D'ailleurs, depuis ce matin je me considère comme
votre prisonnier. Je ne vous ai point donné mon
adresse pour chercher à vous échapper. Prenez-
moi. Seulement, accordez-moi une chose.

Javert semblait ne pas entendre. Il appuyait
sur Jean Valjean sa prunelle fixe. Son menton
froncé poussait ses lèvres vers son nez, signe de
rêverie farouche. Enfin, il lâcha Jean Valjean, se
dressa tout d'une pièce, reprit à plein poignet le
casse-tête, et, comme dans un songe, murmura
plutôt qu'il ne prononça cette question :

— Que faites-vous là ? et qu'est-ce que c'est que
cet homme ?

Il continuait de ne plus tutoyer Jean Valjean.

Jean Valjean répondit, et le son de sa voix parut
réveiller Javert :

— C'est de lui précisément que je voulais vous
parler. Disposez de moi comme il vous plaira ; mais
aidez-moi d'abord à le rapporter chez lui. Je ne
vous demande que cela.

La face de Javert se contracta comme cela lui

arrivait toutes les fois qu'on semblait le croire
capable d'une concession. Cependant il ne dit
pas non.

Il se courba de nouveau, tira de sa poche un
mouchoir qu'il trempa dans l'eau et essuya le front
ensanglanté de Marius.

— Cet homme était à la barricade, dit-il à demi-
voix et comme se parlant à lui-même. C'est celui
qu'on appelait Marius.

Espion de première qualité, qui avait tout observé, tout écouté, tout entendu et tout recueilli,
croyant mourir ; qui épiait même dans l'agonie, et
qui, accoudé sur la première marche du sépulcre,
avait pris des notes.

Il saisit la main de Marius, cherchant le
pouls.

— C'est un blessé, dit Jean Valjean.

— C'est un mort, dit Javert.

Jean Valjean répondit :

— Non. Pas encore.

— Vous l'avez donc apporté de la barricade ici ?
observa Javert.

Il fallait que sa préoccupation fût profonde pour
qu'il n'insistât point sur cet inquiétant sauvetage

par l'égout et pour qu'il ne remarquât même pas le
silence de Jean Valjean après sa question.

Jean Valjean, de son côté, semblait avoir une
pensée unique. Il reprit :

— Il demeure au Marais, rue des Filles-du-
Calvaire, chez son aïeul... — Je ne sais plus le
nom.

Jean Valjean fouilla dans l'habit de Marius, en
tira le portefeuille, l'ouvrit à la page crayonnée par
Marius, et le tendit à Javert.

Il y avait encore dans l'air assez de clarté flottante pour qu'on pût lire. Javert, en outre, avait
dans l'œil la phosphorescence féline des oiseaux de
nuit. Il déchiffra les quelques lignes écrites par
Marius, et grommela : — Gillenormand, rue des
Filles-du-Calvaire, numéro 6.

Puis il cria : — Cocher !

On se rappelle le fiacre qui attendait, en cas.

Javert garda le portefeuille de Marius.

Un moment après, la voiture, descendue par la
rampe de l'abreuvoir, était sur la berge. Marius
était déposé sur la banquette du fond, et Javert
s'asseyait près de Jean Valjean sur la banquette
de devant.

La portière refermée, le fiacre s'éloigna rapidement, remontant les quais dans la direction de la Bastille.

Ils quittèrent les quais et entrèrent dans les rues. Le cocher, silhouette noire sur son siége, fouettait ses chevaux maigres. Silence glacial dans le fiacre. Marius, immobile, le torse adossé au coin du fond, la tête abattue sur la poitrine, les bras pendants, les jambes roides, paraissait ne plus attendre qu'un cercueil; Jean Valjean semblait fait d'ombre, et Javert de pierre, et dans cette voiture pleine de nuit, dont l'intérieur, chaque fois qu'elle passait devant un réverbère, apparaissait lividement blêmi comme par un éclair intermittent, le hasard réunissait et semblait confronter lugubrement les trois immobilités tragiques, le cadavre, le spectre, la statue.

X

RENTRÉE DE L'ENFANT PRODIGUE DE SA VIE

A chaque cahot du pavé, une goutte de sang tombait des cheveux de Marius.

Il était nuit close quand le fiacre arriva au numéro 6 de la rue des Filles du Calvaire.

Javert mit pied à terre le premier, constata d'un coup d'œil le numéro au-dessus de la porte cochère, et, soulevant le lourd marteau de fer battu, historié à la vieille mode d'un bouc et d'un satyre qui s'affrontaient, frappa un coup violent. Le battant s'entr'ouvrit, et Javert le poussa. Le por-

tier se montra à demi, bâillant, vaguement réveillé,
une chandelle à la main.

Tout dormait dans la maison. On se couche de
bonne heure au Marais, surtout les jours d'émeute.
Ce bon vieux quartier, effarouché par la révolution,
se réfugie dans le sommeil, comme les enfants,
lorsqu'ils entendent venir Croquemitaine, cachent
bien vite leur tête sous leur couverture.

Cependant Jean Valjean et le cocher tiraient
Marius du fiacre, Jean Valjean le soutenant sous
les aisselles et le cocher sous les jarrets.

Tout en portant Marius de la sorte, Jean Valjean glissa sa main sous les vêtements qui étaient
largement déchirés, tâta la poitrine et s'assura que
le cœur battait encore. Il battait même un peu
moins faiblement, comme si le mouvement de la voiture avait déterminé une certaine reprise de la vie.

Javert interpella le portier du ton qui convient au
gouvernement, en présence du portier d'un factieux.

— Quelqu'un qui s'appelle Gillenormand?

— C'est ici. Que lui voulez-vous?

— On lui rapporte son fils.

— Son fils? dit le portier avec hébétement.

— Il est mort.

Jean Valjean, qui venait, déguenillé et souillé, derrière Javert, et que le portier regardait avec quelque horreur, lui fit signe de la tête que non.

Le portier ne parut comprendre ni le mot de Javert, ni le signe de Jean Valjean.

Javert continua :

— Il est allé à la barricade, et le voilà.

— A la barricade ! s'écria le portier.

— Il s'est fait tuer. Allez réveiller le père.

Le portier ne bougeait pas.

— Allez donc ! reprit Javert.

Et il ajouta :

— Demain il y aura ici de l'enterrement.

Pour Javert, les incidents habituels de la voie publique étaient classés catégoriquement, ce qui est le commencement de la prévoyance et de la surveillance, et chaque éventualité avait son compartiment ; les faits possibles étaient en quelque sorte dans des tiroirs d'où ils sortaient, dans l'occasion, en quantités variables ; il y avait, dans la rue, du tapage, de l'émeute, du carnaval, de l'enterrement.

Le portier se borna à réveiller Basque. Basque réveilla Nicolette ; Nicolette réveilla la tante Gillenormand. Quant au grand-père, on le laissa dormir, pensant qu'il saurait toujours la chose assez tôt.

On monta Marius au premier étage, sans que personne, du reste, s'en aperçût dans les autres parties de la maison, et on le déposa sur un vieux canapé dans l'antichambre de M. Gillenormand ; et, tandis que Basque allait chercher un médecin et que Nicolette ouvrait les armoires au linge, Jean Valjean sentit Javert qui lui touchait l'épaule. Il comprit, et redescendit, ayant derrière lui le pas de Javert qui le suivait.

Le portier les regarda partir comme il les avait regardés arriver, avec une somnolence épouvantée.

Ils remontèrent dans le fiacre, et le cocher sur son siége.

— Inspecteur Javert, dit Jean Valjean, accordez-moi encore une chose.

— Laquelle ? demanda rudement Javert.

— Laissez-moi rentrer un instant chez moi. Ensuite vous ferez de moi ce que vous voudrez.

Javert demeura quelques instants silencieux, le menton rentré dans le collet de sa redingote, puis il baissa la vitre de devant.

— Cocher, dit-il, rue de l'Homme-Armé, numéro 7.

XI

ÉBRANLEMENT DANS L'ABSOLU

.

Ils ne desserrèrent plus les dents de tout le trajet.

Que voulait Jean Valjean? Achever ce qu'il avait commencé; avertir Cosette, lui dire où était Marius, lui donner peut-être quelque autre indication utile, prendre, s'il le pouvait, de certaines dispositions suprêmes. Quant à lui, quant à ce qui le concernait personnellement, c'était fini; il était saisi par Javert

et n'y résistait pas ; un autre que lui, en une telle
situation, eût peut-être vaguement songé à cette
corde que lui avait donnée Thénardier et aux barreaux du premier cachot où il entrerait ; mais, depuis l'évêque, il y avait dans Jean Valjean devant
tout attentat, fût-ce contre lui-même, insistons-y,
une profonde hésitation religieuse.

Le suicide, cette mystérieuse voie de fait sur
l'inconnu, laquelle peut contenir, dans une certaine
mesure, la mort de l'âme, c'était impossible à Jean
Valjean.

A l'entrée de la rue de l'Homme-Armé, le fiacre
s'arrêta, cette rue étant trop étroite pour que les
voitures puissent y pénétrer. Javert et Jean Valjean
descendirent.

Le cocher représenta humblement à « monsieur
« l'inspecteur » que le velours d'Utrecht de sa
voiture était tout taché par le sang de l'homme
assassiné et par la boue de l'assassin. C'était là
ce qu'il avait compris. Il ajouta qu'une indemnité
lui était due. En même temps, tirant de sa poche
son livret, il pria monsieur l'inspecteur d'avoir la
bonté de lui écrire dessus « un petit bout d'attesta-
« tion comme quoi. »

Javert repoussa le livret que lui tendait le cocher, et dit :

— Combien te faut-il, y compris ta station et ta course?

— Il y a sept heures et quart, répondit le cocher, et mon velours était tout neuf. Quatre-vingts francs, monsieur l'inspecteur.

Javert tira de sa poche quatre napoléons et congédia le fiacre.

Jean Valjean pensa que l'intention de Javert était de le conduire à pied au poste des Blancs-Manteaux ou au poste des Archives qui sont tout près.

Ils s'engagèrent dans la rue. Elle était comme d'habitude déserte. Javert suivait Jean Valjean. Ils arrivèrent au numéro 7. Jean Valjean frappa. La porte s'ouvrit.

— C'est bien, dit Javert. Montez.

Il ajouta avec une expression étrange et comme s'il faisait effort en parlant de la sorte :

— Je vous attends ici.

Jean Valjean regarda Javert. Cette façon de faire était peu dans les habitudes de Javert. Cependant, que Javert eût maintenant en lui une

sorte de confiance hautaine, la confiance du chat
qui accorde à la souris une liberté de la longueur
de sa griffe, résolu qu'était Jean Valjean à se livrer
et à en finir, cela ne pouvait le surprendre beaucoup. Il poussa la porte, entra dans la maison,
cria au portier qui était couché et qui avait tiré le
cordon de son lit : C'est moi ! et monta l'escalier.

Parvenu au premier étage, il fit une pause.
Toutes les voies douloureuses ont des stations. La
fenêtre du palier, qui était une fenêtre-guillotine,
était ouverte. Comme dans beaucoup d'anciennes
maisons, l'escalier prenait jour et avait vue sur la
rue. Le réverbère de la rue, situé précisément en
face, jetait quelque lumière sur les marches, ce
qui faisait une économie d'éclairage.

Jean Valjean, soit pour respirer, soit machinalement, mit la tête à cette fenêtre. Il se pencha sur
la rue. Elle est courte et le réverbère l'éclairait d'un
bout à l'autre. Jean Valjean eut un éblouissement
de stupeur; il n'y avait plus personne.

Javert s'en était allé.

XII

L'AIEUL

Basque et le portier avaient transporté dans le salon Marius toujours étendu sans mouvement sur le canapé où on l'avait déposé en arrivant. Le médecin, qu'on avait été chercher, était accouru. La tante Gillenormand s'était levée.

La tante Gillenormand allait et venait, épouvantée, joignant les mains, et incapable de faire autre chose que de dire : Est-il Dieu possible? Elle

ajoutait par moments : tout va être confondu de
sang ! Quand la première horreur fut passée, une
certaine philosophie de la situation se fit jour jusqu'à son esprit et se traduisit par cette exclama-
tion : cela devait finir comme ça ! Elle n'alla point
jusqu'au : *je l'avais bien dit !* qui est d'usage dans
les occasions de ce genre.

Sur l'ordre du médecin, un lit de sangle avait été
dressé près du canapé. Le médecin examina Marius, et, après avoir constaté que le pouls persistait,
que le blessé n'avait à la poitrine aucune plaie pé-
nétrante, et que le sang du coin des lèvres venait
des fosses nasales, il le fit poser à plat sur le lit,
sans oreiller, la tête sur le même plan que le corps,
et même un peu plus basse, le buste nu, afin de
faciliter la respiration. Mademoiselle Gillenormand,
voyant qu'on déshabillait Marius, se retira. Elle se
mit à dire son chapelet dans sa chambre.

Le torse n'était atteint d'aucune lésion intérieure;
une balle, amortie par le portefeuille, avait dévié et
fait le tour des côtes avec une déchirure hideuse,
mais sans profondeur, et par conséquent sans danger. La longue marche souterraine avait achevé la
dislocation de la clavicule cassée, et il y avait là

de sérieux désordres. Les bras étaient sabrés. Aucune balafre ne défigurait le visage; la tête pourtant était comme couverte de hachures; que devien-
draient ces blessures à la tête? s'arrêtaient-elles
au cuir chevelu? entamaient-elles le crâne? On ne
pouvait le dire encore. Un symptôme grave, c'est
qu'elles avaient causé l'évanouissement, et l'on ne
se réveille pas toujours de ces évanouissements-là.
L'hémorragie, en outre, avait épuisé le blessé. A
partir de la ceinture, le bas du corps avait été pro-
tégé par la barricade.

Basque et Nicolette déchiraient des linges et pré-
paraient des bandes; Nicolette les cousait, Basque
les roulait. La charpie manquant, le médecin avait
provisoirement arrêté le sang des plaies avec des
galettes d'ouate. A côté du lit, trois bougies brû-
laient sur une table où la trousse de chirurgie était
étalée. Le médecin lava le visage et les cheveux de
Marius avec de l'eau froide. Un seau plein fut rouge
en un instant. Le portier, sa chandelle à la main,
éclairait.

Le médecin semblait songer tristement. De temps
en temps, il faisait un signe de tête négatif, comme
s'il répondait à quelque question qu'il s'adressait

intérieurement. Mauvais signe pour le malade, ces mystérieux dialogues du médecin avec lui-même.

Au moment où le médecin essuyait la face et touchait légèrement du doigt les paupières toujours fermées, une porte s'ouvrit au fond du salon, et une longue figure pâle apparut.

C'était le grand-père.

L'émeute, depuis deux jours, avait fort agité, indigné et préoccupé M. Gillenormand. Il n'avait pu dormir la nuit précédente, et il avait eu la fièvre toute la journée. Le soir, il s'était couché de très-bonne heure, recommandant qu'on verrouillât tout dans la maison, et, de fatigue, il s'était assoupi.

Les vieillards ont le sommeil fragile; la chambre de M. Gillenormand était contiguë au salon, et, quelques précautions qu'on eût prises, le bruit l'avait réveillé. Surpris de la fente de lumière qu'il voyait à sa porte, il était sorti de son lit et était venu à tâtons.

Il était sur le seuil, une main sur le bec de canne de la porte entre-bâillée, la tête un peu penchée en avant et branlante, le corps serré dans une robe de chambre blanche, droite et sans plis comme un

suaire, étonné ; et il avait l'air d'un fantôme qui
regarde dans un tombeau.

Il aperçut le lit, et sur le matelas ce jeune homme
sanglant, blanc d'une blancheur de cire, les yeux
fermés, la bouche ouverte, les lèvres blêmes, nu
jusqu'à la ceinture, tailladé partout de plaies ver-
meilles, immobile, vivement éclairé.

L'aïeul eut de la tête aux pieds tout le frisson
que peuvent avoir des membres ossifiés, ses yeux,
dont la cornée était jaune à cause du grand âge, se
voilèrent d'une sorte de miroitement vitreux, toute
sa face prit en un instant les angles terreux d'une
tête de squelette, ses bras tombèrent pendants
comme si un ressort s'y fût brisé, et sa stupeur se
traduisit par l'écartement des doigts de ses deux
vieilles mains toutes tremblantes, ses genoux firent
un angle en avant, laissant voir par l'ouverture de
la robe de chambre ses pauvres jambes nues héris-
sées de poils blancs, et il murmura :

— Marius !

— Monsieur, dit Basque, on vient de rapporter
monsieur. Il est allé à la barricade, et...

— Il est mort ! cria le vieillard d'une voix terrible. Ah ! le brigand.

Alors une sorte de transfiguration sépulcrale redressa ce centenaire droit comme un jeune homme.

— Monsieur, dit-il, c'est vous le médecin. Com-
mencez par me dire une chose. Il est mort, n'est-
ce pas?

Le médecin, au comble de l'anxiété, garda le
silence.

M. Gillenormand se tordit les mains avec un
éclat de rire effrayant.

— Il est mort! il est mort! Il s'est fait tuer aux
barricades! en haine de moi! C'est contre moi qu'il
a fait ça! Ah! buveur de sang! c'est comme cela
qu'il me revient! Misère de ma vie, il est mort!

Il alla à une fenêtre, l'ouvrit toute grande comme
s'il étouffait, et, debout devant l'ombre, il se mit à
parler dans la rue à la nuit:

— Percé, sabré, égorgé, exterminé, déchiqueté,
coupé en morceaux! voyez-vous ça, le gueux! Il
savait bien que je l'attendais, et que je lui avais
fait arranger sa chambre, et que j'avais mis au
chevet de mon lit son portrait du temps qu'il était
petit enfant! Il savait bien qu'il n'avait qu'à revenir, et que depuis des ans je le rappelais, et que je
restais le soir au coin de mon feu les mains sur mes

genoux ne sachant que faire, et que j'en étais imbécile ! Tu savais bien cela, que tu n'avais qu'à
rentrer et qu'à dire : c'est moi, et que tu serais le
maître de la maison, et que je t'obéirais, et que tu
ferais tout ce que tu voudrais de ta vieille ganache
de grand-père ! Tu le savais bien, et tu as dit :
non, c'est un royaliste, je n'irai pas ! Et tu es allé
aux barricades, et tu t'es fait tuer par méchanceté !
pour te venger de ce que je t'avais dit au sujet de
monsieur le duc de Berry ! C'est ça qui est infâme !
Couchez-vous donc et dormez tranquillement ! Il
est mort. Voilà mon réveil.

Le médecin, qui commençait à être inquiet de
deux côtés, quitta un moment Marius et alla à
M. Gillenormand, et lui prit le bras. L'aïeul se retourna, le regarda avec des yeux qui semblaient
agrandis et sanglants, et lui dit avec calme :

— Monsieur, je vous remercie. Je suis tranquille, je suis un homme, j'ai vu la mort de
Louis XVI, je sais porter les événements. Il y a
une chose qui est terrible, c'est de penser que ce
sont vos journaux qui font tout le mal. Vous aurez
des écrivassiers, des parleurs, des avocats, des
orateurs, des tribunes, des discussions, des pro-

grès, des lumières, des droits de l'homme, de la
liberté de la presse, et voilà comme on vous rap-
portera vos enfants dans vos maisons. Ah! Marius!
c'est abominable! Tué! mort avant moi! Une barricade! Ah! le bandit! Docteur, vous demeurez
dans le quartier, je crois? Oh! je vous connais
bien. Je vois de ma fenêtre passer votre cabriolet.
Je vais vous dire. Vous auriez tort de croire que
je suis en colère. On ne se met pas en colère contre
un mort. Ce serait stupide. Ç'est un enfant que j'ai
élevé. J'étais déjà vieux, qu'il était encore tout
petit. Il jouait aux Tuileries avec sa petite pelle et
sa petite chaise, et, pour que les inspecteurs ne
grondassent pas, je bouchais à mesure avec ma
canne les trous qu'il faisait dans la terre avec sa
pelle. Un jour il a crié : A bas Louis XVIII! et s'en
est allé. Ce n'est pas ma faute. Il était tout rose et
tout blond. Sa mère est morte. Avez-vous remarqué que tous les petits enfants sont blonds? A quoi
cela tient-il? C'est le fils d'un de ces brigands de
la Loire, mais les enfants sont innocents des crimes
de leurs pères. Je me le rappelle quand il était
haut comme ceci. Il ne pouvait pas parvenir à prononcer les *d*. Il avait un parler si doux et si obscur

qu'on eût cru un oiseau. Je me souviens qu'une
fois, devant l'Hercule Farnèse, on faisait cercle
pour s'émerveiller et l'admirer, tant il était beau,
cet enfant! C'était une tête comme il y en a dans
les tableaux. Je lui faisais ma grosse voix, je lui
faisais peur avec ma canne, mais il savait bien que
c'était pour rire. Le matin, quand il entrait dans
ma chambre, je bougonnais, mais cela me faisait
l'effet du soleil. On ne peut pas se défendre contre
ces mioches-là. Ils vous prennent, ils vous tiennent,
ils ne vous lâchent plus. La vérité est qu'il n'y avait
pas d'amour comme cet enfant-là. Maintenant,
qu'est-ce que vous dites de vos Lafayette, de vos
Benjamin Constant, et de vos Tirecuir de Corcelles,
qui me le tuent! Ça ne peut pas passer comme ça.

Il s'approcha de Marius toujours livide et sans
mouvement, et auquel le médecin était revenu, et il
recommença à se tordre les bras. Les lèvres blanches du vieillard remuaient comme machinalement,
et laissaient passer, comme des souffles dans un
râle, des mots presque indistincts qu'on entendait
à peine : — Ah! sans cœur! Ah! clubiste! Ah!
scélérat! Ah! septembriseur! Reproches à voix
basse d'un agonisant à un cadavre.

Peu à peu, comme il faut toujours que les érup-
tions intérieures se fassent jour, l'enchaînement des
paroles revint, mais l'aïeul paraissait n'avoir plus
la force de les prononcer, sa voix était tellement
sourde et éteinte qu'elle semblait venir de l'autre
bord d'un abîme :

— Ça m'est bien égal, je vais mourir aussi, moi.
Et dire qu'il n'y a pas dans Paris une drôlesse qui
n'eût été heureuse de faire le bonheur de ce misérable ! Un gredin qui, au lieu de s'amuser et de
jouir de la vie, est allé se battre et s'est fait mi-
trailler comme une brute ! Et pour qui ? pourquoi ?
Pour la république ! Au lieu d'aller danser à la
Chaumière, comme c'est le devoir des jeunes gens !
C'est bien la peine d'avoir vingt ans. La république, belle fichue sottise ! Pauvres mères, faites
donc de jolis garçons ! Allons, il est mort. Ça fera
deux enterrements sous la porte cochère. Tu t'es
donc fait arranger comme cela pour les beaux yeux
du général Lamarque ! Qu'est-ce qu'il t'avait fait,
ce général Lamarque ? Un sabreur ! un bavard ! Se
faire tuer pour un mort ! S'il n'y a pas de quoi
rendre fou ! Comprenez cela ! A vingt ans ! Et sans
retourner la tête pour regarder s'il ne laissait rien

derrière lui! Voilà maintenant les pauvres vieux
bonshommes qui sont forcés de mourir tout seuls.
Crève dans ton coin, hibou! Eh bien, au fait, tant
mieux, c'est ce que j'espérais, ça va me tuer net.
Je suis trop vieux, j'ai cent ans, j'ai cent mille ans,
il y a longtemps que j'ai le droit d'être mort. De
ce coup-là, c'est fait. C'est donc fini, quel bonheur! A quoi bon lui faire respirer de l'ammo-
niaque et tout ce tas de drogues? Vous perdez
votre peine, imbécile de médecin! Allez, il est mort,
bien mort. Je m'y connais, moi qui suis mort aussi.
Il n'a pas fait la chose à demi. Oui, ce temps-ci
est infâme, infâme, infâme, et voilà ce que je pense
de vous, de vos idées, de vos systèmes, de vos
maîtres, de vos oracles, de vos docteurs, de vos
garnements d'écrivains, de vos gueux de philosophes et de toutes les révolutions qui effarouchent
depuis soixante ans les nuées de corbeaux des Tuileries! Et puisque tu as été sans pitié en te faisant
tuer comme cela, je n'aurai même pas de chagrin
de ta mort, entends-tu, assassin!

En ce moment, Marius ouvrit lentement les paupières, et son regard, encore voilé par l'étonne-
ment léthargique, s'arrêta sur M. Gillenormand.

— Marius! cria le vieillard. Marius! mon petit Marius! mon enfant! mon fils bien-aimé! Tu ouvres les yeux, tu me regardes, tu es vivant, merci!

Et il tomba évanoui.

LIVRE QUATRIÈME

JAVERT DÉRAILLÉ

JAVERT DÉRAILLÉ

Javert s'était éloigné à pas lents de la rue de l'Homme-Armé.

Il marchait la tête baissée, pour la première fois de sa vie, et, pour la première fois de sa vie également, les mains derrière le dos.

Jusqu'à ce jour, Javert n'avait pris, dans les deux attitudes de Napoléon, que celle qui exprime la résolution, les bras croisés sur la poitrine; celle qui exprime l'incertitude, les mains derrière le dos, lui était inconnue. Maintenant, un changement s'était fait; toute sa personne, lente et sombre, était empreinte d'anxiété.

Il s'enfonça dans les rues silencieuses.

Cependant il suivait une direction.

Il coupa par le plus court vers la Seine, gagna le quai des Ormes, longea le quai, dépassa la Grève, et s'arrêta, à quelque distance du poste de la place du Châtelet, à l'angle du pont Notre-Dame. La Seine fait là, entre le pont Notre-Dame et le pont au Change d'une part, et d'autre part entre le quai de la Mégisserie et le quai aux Fleurs, une sorte de lac carré traversé par un rapide.

Ce point de la Seine est redouté des mariniers. Rien n'est plus dangereux que ce rapide, resserré à cette époque et irrité par les pilotis du moulin du pont, aujourd'hui démoli. Les deux ponts, si voisins l'un de l'autre, augmentent le péril; l'eau se hâte formidablement sous les arches. Elle y roule de larges plis terribles; elle s'y accumule et s'y entasse; le flot fait effort aux piles des ponts comme pour les arracher avec de grosses cordes liquides.

Les hommes qui tombent là ne reparaissent pas ; les meilleurs nageurs s'y noient.

Javert appuya ses deux coudes sur le parapet, son menton dans ses deux mains, et, pendant que ses ongles se crispaient machinalement dans l'épaisseur de ses favoris, il songea.

Une nouveauté, une révolution, une catastrophe venait de se passer au fond de lui-même ; et il y avait de quoi s'examiner.

Javert souffrait affreusement.

Depuis quelques heures Javert avait cessé d'être simple. Il était troublé ; ce cerveau, si limpide dans sa cécité, avait perdu sa transparence ; il y avait un nuage dans ce cristal. Javert sentait dans sa conscience le devoir se dédoubler, et il ne pouvait se le dissimuler. Quand il avait rencontré si inopinément Jean Valjean sur la berge de la Seine, il y avait eu en lui quelque chose du loup qui ressaisit sa proie et du chien qui retrouve son maître.

Il voyait devant lui deux routes également droites toutes deux ; mais il en voyait deux ; et cela le terrifiait, lui qui n'avait jamais connu dans sa vie qu'une ligne droite. Et, angoisse poignante, ces deux routes étaient contraires. L'une de ces deux lignes droites excluait l'autre. Laquelle des deux était la vraie ?

Sa situation était inexprimable.

Devoir la vie à un malfaiteur, accepter cette dette et la rembourser, être, en dépit de soi-même, de plain-pied avec un repris de justice, et lui payer un service avec un autre service ; se laisser dire : Va-t'en, et lui dire à son tour : Sois libre ; sacrifier à des motifs personnels le devoir, cette obligation générale, et sentir dans ces motifs personnels quelque chose de général aussi, et de supérieur peut-être ; trahir la société pour rester fidèle à sa conscience ; que toutes ces absurdités se réalisassent et qu'elles vinssent s'accumuler sur lui-même, c'est ce dont il était atterré.

Une chose l'avait étonné, c'était que Jean Valjean lui eût fait grâce, et une chose l'avait pétrifié, c'était que, lui Javert, il eût fait grâce à Jean Valjean.

Où en était-il ? Il se cherchait et ne se trouvait plus.

Que faire maintenant ? Livrer Jean Valjean, c'était mal ; laisser Jean Valjean libre, c'était mal.

Dans le premier cas, l'homme de l'autorité tombait
plus bas que l'homme du bagne; dans le second,
un forçat montait plus haut que la loi et mettait
le pied dessus. Dans les deux cas, déshonneur
pour lui Javert. Dans tous les partis qu'on pouvait
prendre, il y avait de la chute. La destinée a de
certaines extrémités à pic sur l'impossible et au
delà desquelles la vie n'est plus qu'un précipice.
Javert était à une de ces extrémités-là.

Une de ses anxiétés, c'était d'être contraint de
penser. La violence même de toutes ces émotions
contradictoires l'y obligeait. La pensée, chose inu-
sitée pour lui, et singulièrement douloureuse.

Il y a toujours dans la pensée une certaine quantité de rébellion intérieure; et il s'irritait d'avoir
cela en lui.

La pensée, sur n'importe quel sujet en dehors
du cercle étroit de ses fonctions, eût été pour lui,
dans tous les cas, une inutilité et une fatigue;
mais la pensée sur la journée qui venait de s'écouler était une torture. Il fallait bien cependant
regarder dans sa conscience, après de telles secousses, et se rendre compte de soi-même à soi-
même.

Ce qu'il venait de faire lui donnait le frisson. Il avait, lui Javert, trouvé bon de décider, contre tous les règlements de police, contre toute l'organisation sociale et judiciaire, contre le code tout entier, une mise en liberté; cela lui avait convenu; il avait substitué ses propres affaires aux affaires publiques; n'était-ce pas inqualifiable? Chaque fois qu'il se mettait en face de cette action sans nom qu'il avait commise, il tremblait de la tête aux pieds. A quoi se résoudre? Une seule ressource lui restait : retourner en hâte rue de l'Homme-Armé, et faire écrouer Jean Valjean. Il était clair que c'était cela qu'il fallait faire. Il ne pouvait.

Quelque chose lui barrait le chemin de ce côté-là.

Quelque chose? Quoi? Est-ce qu'il y a au monde autre chose que les tribunaux, les sentences exécutoires, la police et l'autorité? Javert était bouleversé.

Un galérien sacré! un forçat imprenable à la justice! et cela par le fait de Javert!

Que Javert et Jean Valjean, l'homme fait pour sévir, l'homme fait pour subir, que ces deux hommes, qui étaient l'un et l'autre la chose de la loi, en fussent venus à ce point de se mettre tous les deux au-dessus de la loi, est-ce que ce n'était pas effrayant?

Quoi donc! de telles énormités arriveraient et personne ne serait puni! Jean Valjean, plus fort que l'ordre social tout entier, serait libre, et lui Javert continucrait de manger le pain du gouvernement!

Sa rêverie devenait peu à peu terrible.

Il eût pu à travers cette rêverie se faire encore quelque reproche au sujet de l'insurgé rapporté rue des Filles-du-Calvaire ; mais il n'y songeait pas. La faute moindre se perdait dans la plus grande. D'ailleurs cet insurgé était évidemment un homme mort, et légalement, la mort éteint la poursuite.

Jean Valjean, c'était là le poids qu'il avait sur l'esprit.

Jean Valjean le déconcertait. Tous les axiomes qui avaient été les points d'appui de toute sa vie s'écroulaient devant cet homme. La générosité de Jean Valjean envers lui Javert l'accablait. D'autres faits, qu'il se rappelait et qu'il avait autrefois traités de mensonges et de folies, lui revenaient

maintenant comme des réalités. M. Madeleine reparaissait derrière Jean Valjean, et les deux figures
se superposaient de façon à n'en plus faire qu'une,
qui était vénérable. Javert sentait que quelque
chose d'horrible pénétrait dans son âme, l'admiration pour un forçat. Le respect d'un galérien,
est-ce que c'est possible? Il en frémissait, et ne
pouvait s'y soustraire. Il avait beau se débattre,
il était réduit à confesser dans son for intérieur la
sublimité de ce misérable. Cela était odieux.

Un malfaiteur bienfaisant, un forçat compatis-
sant, doux, secourable, clément, rendant le bien
pour le mal, rendant le pardon pour la haine, pré-
férant la pitié à la vengeance, aimant mieux se
perdre que de perdre son ennemi, sauvant celui
qui l'a frappé, agenouillé sur le haut de la vertu,
plus voisin de l'ange que de l'homme. Javert était
contraint de s'avouer que ce monstre existait.

Cela ne pouvait durer ainsi.

Certes, et nous y insistons, il ne s'était pas rendu
sans résistance à ce monstre, à cet ange infâme, à
ce héros hideux, dont il était presque aussi indigné
que stupéfait. Vingt fois, quand il était dans cette
voiture face à face avec Jean Valjean, le tigre légal

avait rugi en lui. Vingt fois il avait été tenté de se
jeter sur Jean Valjean, de le saisir et de le dévorer,
c'est-à-dire de l'arrêter. Quoi de plus simple, en
effet? Crier au premier poste devant lequel on
passe : — Voilà un repris de justice en rupture de
ban! appeler les gendarmes et leur dire : — Cet
homme est pour vous! ensuite s'en aller, laisser là
ce damné, ignorer le reste, et ne plus se mêler de
rien. Cet homme est à jamais le prisonnier de la
loi; la loi en fera ce qu'elle voudra. Quoi de plus
juste? Javert s'était dit tout cela; il avait voulu
passer outre, agir, appréhender l'homme, et, alors
comme à présent, il n'avait pas pu; et chaque fois
que sa main s'était convulsivement levée vers le
collet de Jean Valjean, sa main, comme sous un
poids énorme, était retombée, et il avait entendu
au fond de sa pensée une voix, une étrange voix
qui lui criait : — C'est bien. Livre ton sauveur.
Ensuite fais apporter la cuvette de Ponce-Pilate, et
lave-toi les griffes.

Puis sa réflexion retombait sur lui-même, et à
côté de Jean Valjean grandi, il se voyait, lui Javert,
dégradé.

Un forçat était son bienfaiteur!

Mais aussi pourquoi avait-il permis à cet homme de le laisser vivre ? Il avait, dans cette barricade, le droit d'être tué. Il aurait dû user de ce droit. Appeler les autres insurgés à son secours contre Jean Valjean, se faire fusiller de force, cela valait mieux.

Sa suprême angoisse, c'était la disparition de la certitude. Il se sentait déraciné. Le code n'était plus qu'un tronçon dans sa main. Il avait affaire à des scrupules d'une espèce inconnue. Il se faisait en lui une révélation sentimentale entièrement distincte de l'affirmation légale, son unique mesure jusqu'alors. Rester dans l'ancienne honnêteté, cela ne suffisait plus. Tout un ordre de faits inattendus surgissait et le subjuguait. Tout un monde nouveau apparaissait à son âme : le bienfait accepté et rendu, le dévouement, la miséricorde, l'indulgence, les violences faites par la pitié à l'austérité, l'acception de personnes, plus de condamnation définitive, plus de damnation, la possibilité d'une larme dans l'œil de la loi, on ne sait quelle justice selon Dieu allant en sens inverse de la justice selon les hommes. Il apercevait dans les ténèbres l'effrayant lever d'un soleil moral inconnu ; il en avait l'hor-

rour et l'éblouissement. Hibou forcé à des regards
d'aigle.

Il se disait que c'était donc vrai, qu'il y avait des
exceptions, que l'autorité pouvait être décontenan-
cée, que la règle pouvait rester court devant un
fait, que tout ne s'encadrait pas dans le texte du
code, que l'imprévu se faisait obéir, que la vertu
d'un forçat pouvait tendre un piége à la vertu d'un
fonctionnaire, que le monstrueux pouvait être divin,
que la destinée avait de ces embuscades-là, et il
songeait avec désespoir que lui-même n'avait pas
été à l'abri d'une surprise.

Il était forcé de reconnaître que la bonté existait. Ce forçat avait été bon. Et lui-même, chose
inouïe, il venait d'être bon. Donc il se dépravait.

Il se trouvait lâche. Il se faisait horreur.

L'idéal pour Javert, ce n'était pas d'être humain,
d'être grand, d'être sublime ; c'était d'être irréprochable. Or il venait de faillir.

Comment en était-il arrivé là ? comment tout
cela s'était-il passé ? Il n'aurait pu se le dire à lui-
même. Il prenait sa tête dans ses deux mains, mais
il avait beau faire, il ne parvenait pas à se l'expliquer.

Il avait certainement toujours eu l'intention de
remettre Jean Valjean à la loi dont Jean Valjean
était le captif, et dont lui, Javert, était l'esclave. Il
ne s'était pas avoué un seul instant pendant qu'il
le tenait qu'il eût la pensée de le laisser aller.
C'était en quelque sorte à son insu que sa main
s'était ouverte et l'avait lâché.

Toutes sortes de points d'interrogation flamboyaient devant ses yeux. Il s'adressait des questions, et il se faisait des réponses, et ses réponses
l'effrayaient. Il se demandait : ce forçat, ce désespéré, que j'ai poursuivi jusqu'à le persécuter, et
qui m'a eu sous son pied, et qui pouvait se venger,
et qui le devait, tout à la fois pour sa rancune et
pour sa sécurité, en me laissant la vie, en me faisant grâce, qu'a-t-il fait ? Son devoir. Non. Quelque chose de plus. Et moi, en lui faisant grâce à
mon tour, qu'ai-je fait ? Mon devoir. Non. Quelque
chose de plus. Il y a donc quelque chose de plus
que le devoir ? Ici il s'effarait ; sa balance se dislo-
quait ; l'un des plateaux tombait dans l'abîme,
l'autre s'en allait dans le ciel, et Javert n'avait pas
moins d'épouvante de celui qui était en haut que
de celui qui était en bas. Sans être le moins du

monde ce qu'on appelle voltairien, ou philosophe,
ou incrédule, respectueux au contraire, par instinct,
pour l'église établie, il ne la connaissait que comme
un fragment auguste de l'ensemble social ; l'ordre
était son dogme et lui suffisait ; depuis qu'il avait
âge d'homme et de fonctionnaire, il mettait dans
la police à peu près toute sa religion. Étant, et
nous employons ici les mots sans la moindre ironie
et dans leur acception la plus sérieuse, étant, nous
l'avons dit, espion comme on est prêtre. Il avait un
supérieur, M. Gisquet ; il n'avait guère songé jusqu'à ce jour à cet autre supérieur, Dieu.

Ce chef nouveau, Dieu, il le sentait inopinément,
et en était gêné.

Il était désorienté de cette présence inattendue ;
il ne savait que faire de ce supérieur-là, lui qui
n'ignorait pas que le subordonné est tenu de se
courber toujours, qu'il ne doit ni désobéir, ni blâ-
mer, ni discuter, et que, vis-à-vis d'un supérieur
qui l'étonne trop, l'inférieur n'a d'autre ressource
que sa démission.

Mais comment s'y prendre pour donner sa démission à Dieu ?

Quoi qu'il en fût, et c'était toujours là qu'il en

revenait, un fait pour lui dominait tout, c'est qu'il
venait de commettre une infraction épouvantable.
Il venait de fermer les yeux sur un condamné réci-
diviste en rupture de ban. Il venait d'élargir un
galérien. Il venait de voler aux lois un homme qui
leur appartenait. Il avait fait cela. Il ne se comprenait plus. Il n'était pas sûr d'être lui-même. Les
raisons mêmes de son action lui échappaient ; il n'en
avait que le vertige. Il avait vécu jusqu'à ce moment de cette foi aveugle qui engendre la probité
ténébreuse. Cette foi le quittait, cette probité lui
faisait défaut. Tout ce qu'il avait cru se dissipait.
Des vérités dont il ne voulait pas l'obsédaient inexorablement. Il fallait désormais être un autre homme.
Il souffrait les étranges douleurs d'une conscience
brusquement opérée de la cataracte. Il voyait ce qu'il
lui répugnait de voir. Il se sentait vidé, inutile, disloqué de sa vie passée, destitué, dissous. L'autorité
était morte en lui. Il n'avait plus de raison d'être.

Situation terrible ! être ému.

Être le granit, et douter ! être la statue du châ-
timent fondue tout d'une pièce dans le moule de la
loi, et s'apercevoir subitement qu'on a sous sa
mamelle de bronze quelque chose d'absurde et de

désobéissant qui ressemble presque à un cœur! En venir à rendre le bien pour le bien, quoiqu'on se soit dit jusqu'à ce jour que ce bien-là c'est le mal! être le chien de garde, et lécher! être la glace, et fondre! être la tenaille, et devenir une main! se sentir tout à coup des doigts qui s'ouvrent! lâcher prise, chose épouvantable!

L'homme projectile ne sachant plus sa route, et reculant!

Être obligé de s'avouer ceci : l'infaillibilité n'est pas infaillible, il peut y avoir de l'erreur dans le dogme, tout n'est pas dit quand un code a parlé, la société n'est pas parfaite, l'autorité est compliquée de vacillation, un craquement dans l'immuable est possible, les juges sont des hommes, la loi peut se tromper, les tribunaux peuvent se méprendre! voir une fêlure dans l'immense vitre bleue du firmament!

Ce qui se passait dans Javert, c'était le Fampoux d'une conscience rectiligne, la mise hors de voie d'une âme, l'écrasement d'une probité irrésistiblement lancée en ligne droite et se brisant à Dieu. Certes, cela était étrange, que le chauffeur de l'ordre, que le mécanicien de l'autorité, monté sur l'aveugle cheval de fer à voie rigide, puisse être désarçonné par un coup de lumière! que l'incommutable, le direct, le correct, le géométrique, le passif, le parfait, puisse fléchir! qu'il y ait pour la locomotive un chemin de Damas!

Dieu, toujours intérieur à l'homme, et réfractaire, lui la vraie conscience, à la fausse; défense à l'étincelle de s'éteindre; ordre au rayon de se souvenir du soleil; injonction à l'âme de reconnaître le véritable absolu quand il se confronte avec l'absolu fictif; l'humanité imperdable; le cœur humain inamissible; ce phénomène splendide, le plus beau peut-être de nos prodiges intérieurs, Javert le comprenait-il? Javert le pénétrait-il? Javert s'en rendait-il compte? Évidemment non. Mais sous la pression de cet incompréhensible incontestable, il sentait son crâne s'entr'ouvrir.

Il était moins le transfiguré que la victime de ce prodige. Il le subissait, exaspéré. Il ne voyait dans tout cela qu'une immense difficulté d'être. Il lui semblait que désormais sa respiration était gênée à jamais.

Avoir sur sa tête de l'inconnu, il n'était pas accoutumé à cela.

Jusqu'ici tout ce qu'il avait au-dessus de lui avait été pour son regard une surface nette, simple, limpide; là rien d'ignoré, ni d'obscur; rien qui ne fût défini, coordonné, enchaîné, précis, exact, circonscrit, limité, fermé, tout prévu; l'autorité était une chose plane; aucune chute en elle, aucun vertige devant elle. Javert n'avait jamais vu de l'inconnu qu'en bas. L'irrégulier, l'inattendu, l'ouverture désordonnée du chaos, le glissement possible dans un précipice, c'était là le fait des régions inférieures, des rebelles, des mauvais, des misérables. Maintenant Javert se renversait en arrière, et il était brusquement effaré par cette apparition inouïe : un gouffre en haut.

Quoi donc! on était démantelé de fond en comble! on était déconcerté, absolument! A quoi se fier? Ce dont on était convaincu s'effondrait!

Quoi! le défaut de la cuirasse de la société pouvait être trouvé par un misérable magnanime! Quoi! un honnête serviteur de la loi pouvait se voir tout à coup pris entre deux crimes, le crime de laisser échapper un homme, et le crime de l'arrêter! tout n'était pas certain dans la consigne donnée par l'État au fonctionnaire! Il pouvait y avoir des

impasses dans le devoir! Quoi donc! tout cela était
réel! était-il vrai qu'un ancien bandit, courbé sous
les condamnations, pût se redresser et finir par
avoir raison? était-ce croyable? y avait-il donc des
cas où la loi devait se retirer devant le crime transfiguré en balbutiant des excuses?

Oui, cela était! et Javert le voyait! et Javert le
touchait! et non-seulement il ne pouvait le nier,
mais il y prenait part. C'étaient des réalités. Il était
abominable que les faits réels pussent arriver à
une telle difformité.

Si les faits faisaient leur devoir, ils se borne-
raient à être les preuves de la loi; les faits, c'est
Dieu qui les envoie. L'anarchie allait-elle donc
maintenant descendre de là-haut?

Ainsi, — et dans le grossissement de l'angoisse,
et dans l'illusion d'optique de la consternation, tout
ce qui eût pu restreindre et corriger son impression s'effaçait, et la société, et le genre humain, et
l'univers se résumaient désormais à ses yeux dans
un linéament simple et terrible, — ainsi la pénalité, la chose jugée, la force due à la législation, les
arrêts des cours souveraines, la magistrature, le
gouvernement, la prévention et la répression, la

sagesse officielle, l'infaillibilité légale, le principe
d'autorité, tous les dogmes sur lesquels repose la
sécurité politique et civile, la souveraineté, la justice, la logique découlant du code, l'absolu social,
la vérité publique, tout cela, décombre, monceau,
chaos; lui-même Javert, le guetteur de l'ordre,
l'incorruptibilité au service de la police, la provi-
dence-dogue de la société, vaincu et terrassé; et
sur toute cette ruine un homme debout, le bonnet
vert sur la tête et l'auréole au front; voilà à quel
bouleversement il en était venu; voilà la vision
effroyable qu'il avait dans l'âme.

Que cela fût supportable. Non.

État violent, s'il en fut. Il n'y avait que deux
manières d'en sortir. L'une, d'aller résolûment à
Jean Valjean, et de rendre au cachot l'homme du
bagne. L'autre...

Javert quitta le parapet, et, la tête haute cette
fois, se dirigea d'un pas ferme vers le poste indiqué
par une lanterne à l'un des coins de la place du
Châtelet.

Arrivé là, il aperçut par la vitre un sergent de
ville, et entra. Rien qu'à la façon dont ils poussent
la porte d'un corps de garde, les hommes de police

se reconnaissent entre eux. Javert se nomma, montra sa carte au sergent, et s'assit à la table du poste où brûlait une chandelle. Il y avait sur la table une plume, un encrier de plomb, et du papier en cas pour les procès-verbaux éventuels et les consignations des rondes de nuit.

Cette table, toujours complétée par sa chaise de paille, est une institution; elle existe dans tous les postes de police; elle est invariablement ornée d'une soucoupe en buis pleine de sciure de bois et d'une grimace en carton pleine de pains à cacheter rouges, et elle est l'étage inférieur du style officiel. C'est à elle que commence la littérature de l'État.

Javert prit la plume et une feuille de papier et se mit à écrire. Voici ce qu'il écrivit :

QUELQUES OBSERVATIONS POUR LE BIEN DU SERVICE.

« Premièrement : je prie monsieur le préfet de « jeter les yeux.

« Deuxièmement : les détenus arrivant de l'in- « struction ôtent leurs souliers et restent pieds nus « sur la dalle pendant qu'on les fouille. Plusieurs

« toussent en rentrant à la prison. Cela entraîne
« des dépenses d'infirmerie.

« Troisièmement : la filature est bonne, avec re-
« lais des agents de distance en distance, mais il
« faudrait que, dans des occasions importantes,
« deux agents au moins ne se perdissent pas de
« vue, attendu que, si, pour une cause quelconque,
« un agent vient à faiblir dans le service, l'autre le
« surveille et le supplée.

« Quatrièmement : on ne s'explique pas pour-
« quoi le règlement spécial de la prison des Made-
« lonnettes interdit au prisonnier d'avoir une chaise,
« même en la payant.

« Cinquièmement : aux Madelonnettes, il n'y a que
« deux barreaux à la cantine, ce qui permet à la can-
« tinière de laisser toucher sa main aux détenus.

« Sixièmement : les détenus, dits aboyeurs, qui
« appellent les autres détenus au parloir, se font
« payer deux sous par le prisonnier pour crier son
« nom distinctement. C'est un vol.

« Septièmement : pour un fil courant, on retient
« dix sous au prisonnier dans l'atelier des tisse-
« rands ; c'est un abus de l'entrepreneur, puisque
« la toile n'est pas moins bonne.

« Huitièmement : il est fâcheux que les visitants
« de la Force aient à traverser la cour des mômes
« pour se rendre au parloir de Sainte-Marie-
« l'Égyptienne.

« Neuvièmement : il est certain qu'on entend
« tous les jours des gendarmes raconter dans la
« cour de la préfecture des interrogatoires de pré-
« venus par les magistrats. Un gendarme, qui de-
« vrait être sacré, répéter ce qu'il a entendu dans le
« cabinet de l'instruction, c'est là un désordre grave.

« Dixièmement : Mme Henry est une honnête
« femme ; sa cantine est fort propre ; mais il est
« mauvais qu'une femme tienne le guichet de la
« souricière du secret. Cela n'est pas digne de la
« Conciergerie d'une grande civilisation. »

Javert écrivit ces lignes de son écriture la plus
calme et la plus correcte, n'omettant pas une vir-
gule, et faisant fermement crier le papier sous la
plume. Au-dessous de la dernière ligne il signa :

« JAVERT.

« Inspecteur de 1re classe.

« Au poste de la place du Châtelet.

« 7 juin 1832, environ une heure du matin. »

Javert sécha l'encre fraîche sur le papier, le plia comme une lettre, le cacheta, écrivit au dos : *Note pour l'administration,* le laissa sur la table, et sortit du poste. La porte vitrée et grillée retomba derrière lui.

Il traversa de nouveau diagonalement la place du Châtelet, regagna le quai, et revint avec une précision automatique au point même qu'il avait quitté un quart d'heure auparavant, il s'y accouda, et se retrouva dans la même attitude sur la même dalle du parapet. Il semblait qu'il n'eût pas bougé.

L'obscurité était complète. C'était le moment sépulcral qui suit minuit. Un plafond de nuages cachait les étoiles. Le ciel n'était qu'une épaisseur sinistre. Les maisons de la Cité n'avaient plus une seule lumière ; personne ne passait ; tout ce qu'on apercevait des rues et des quais était désert ; Notre-Dame et les tours du Palais de justice semblaient des linéaments de la nuit. Un réverbère rougissait la margelle du quai. Les silhouettes des ponts se déformaient dans la brume les unes derrière les autres. Les pluies avaient grossi la rivière.

L'endroit où Javert s'était accoudé était, on s'en

souvient, précisément situé au-dessus du rapide de
la Seine, à pic sur cette redoutable spirale de tour-
billons qui se dénoue et se renoue comme une vis
sans fin.

Javert pencha la tête et regarda. Tout était
noir. On ne distinguait rien. On entendait un bruit
d'écume ; mais on ne voyait pas la rivière. Par instants, dans cette profondeur vertigineuse, une
lueur apparaissait et serpentait vaguement, l'eau
ayant cette puissance, dans la nuit la plus complète, de prendre la lumière on ne sait où et de la
changer en couleuvre. La lueur s'évanouissait, et
tout redevenait indistinct. L'immensité semblait
ouverte là. Ce qu'on avait au-dessous de soi, ce
n'était pas de l'eau, c'était du gouffre. Le mur
du quai, abrupt, confus, mêlé à la vapeur, tout de
suite dérobé, faisait l'effet d'un escarpement de
l'infini.

On ne voyait rien, mais on sentait la froideur
hostile de l'eau et l'odeur fade des pierres mouil-
lées. Un souffle farouche montait de cet abîme. Le
grossissement du fleuve plutôt deviné qu'aperçu,
le tragique chuchotement du flot, l'énormité lugubre des arches du pont, la chute imaginable

dans ce vide sombre, toute cette ombre était pleine d'horreur.

Javert demeura quelques minutes immobile, regardant cette ouverture de ténèbres ; il considérait l'invisible avec une fixité qui ressemblait à de l'attention. L'eau bruissait. Tout à coup, il ôta son chapeau et le posa sur le rebord du quai. Un moment après, une figure haute et noire, que de loin quelque passant attardé eût pu prendre pour un fantôme, apparut debout sur le parapet, se courba vers la Seine, puis se redressa, et tomba droite dans les ténèbres ; il y eut un clapotement sourd ; et l'ombre seule fut dans le secret des convulsions de cette forme obscure disparue sous l'eau.

FIN DU TOME NEUVIÈME

TABLE

TABLE

DU TOME NEUVIÈME

CINQUIÈME PARTIE

JEAN VALJEAN

LIVRE PREMIER

LA GUERRE ENTRE QUATRE MURS

LIVRE QUATRIÈME

JAVERT DÉRAILLÉ

PARIS. — IMPRIMERIE DE J. CLAYE, RUE SAINT-DENOIT, 7

Extrait du Catalogue de la Librairie PAGNERRE.

ŒUVRES COMPLÈTES
DE

W. SHAKESPEARE

traduction de

FRANÇOIS-VICTOR HUGO

avec une introduction par

VICTOR HUGO

Neuf volumes parus :

I. LES DEUX HAMLET.
II. LES FÉERIES.
    LE SONGE D'UNE NUIT D'ÉTÉ. —
    LA TEMPÊTE.
III. LES TYRANS.
    MACBETH. — LE ROI JEAN. —
    RICHARD III.
IV. LES JALOUX. I.
    TROYLUS ET CRESSIDA. — BEAU-
    COUP DE BRUIT POUR RIEN. —
    LE CONTE D'HIVER.
V. LES JALOUX. II.
    CYMBELINE. — OTHELLO.
VI. LES COMÉDIES DE L'AMOUR.
    LA SAUVAGE APPRIVOISÉE. — TOUT
    EST BIEN QUI FINIT BIEN. —
    PEINES D'AMOUR PERDUES.
VII. LES AMANTS TRAGIQUES.
    ANTOINE ET CLEOPATRE. — ROMEO
    ET JULIETTE.
VIII. LES AMIS.
    LES DEUX GENTILSHOMMES DE VÉ-
    RONE. — LE MARCHAND DE VE-
    NISE. — COMME IL VOUS PLAIRA.
IX LA FAMILLE.
    CORIOLAN. — LE ROI LEAR.

LOUIS BLANC

HISTOIRE DE DIX ANS.
HISTOIRE DE LA REVOLUTION FRAN-
ÇAISE.

MÉMOIRES

SUR CARNOT

PAR SON FILS

GARNIER-PAGÈS

HISTOIRE DE LA REVOLUTION DE 1848

A. DE LAMARTINE

MÉDITATIONS POÉTIQUES.
HARMONIES POÉTIQUES.
RECUEILLEMENTS POÉTIQUES.
JOCELYN.
LA CHUTE D'UN ANGE.
VOYAGE EN ORIENT.
HISTOIRE DES GIRONDINS.
HISTOIRE DES CONSTITUANTS.
HISTOIRE DE LA RESTAURATION.
HISTOIRE DE LA TURQUIE.
RAPHAEL.
LE TAILLEUR DE PIERRE DE St-POINT.

EDGAR QUINET

GENIE DES RELIGIONS.
LES JESUITES. — L'ULTRAMONTANISME.
LE CHRISTIANISME ET LA REVOLUTION
    FRANÇAISE.
LES RÉVOLUTIONS D'ITALIE.
MARNIX. — LA GRÈCE MODERNE.
LES ROUMAINS. — ALLEMAGNE ET
    ITALIE.
AHASVÉRUS.
PROMÉTHÉE. — NAPOLEON. — LES
    ESCLAVES.
MES VACANCES EN ESPAGNE.
HISTOIRE DE MES IDEES.

EUGÈNE PELLETAN

PROFESSION DE FOI DU XIXᵉ SIECLE.
HEURES DE TRAVAIL.
LES DROITS DE L'HOMME.
LES ROIS PHILOSOPHES.
LA NAISSANCE D'UNE VILLE.
LE PASTEUR DU DÉSERT.
LE MONDE MARCHE.
DECADENCE DE LA MONARCHIE.

PARIS. — IMPRIMERIE DE J. CLAYE, RUE SAINT-BENOIT, 7.

www.ingramcontent.com/pod-product-compliance
Lightning Source LLC
Chambersburg PA
CBHW070250030726
47505CB00004B/854